रिश्तों की नींव

ममता मेहरोत्रा

AF556643

प्रतिभा प्रतिष्ठान, नई दिल्ली

प्रकाशक : प्रतिभा प्रतिष्ठान,
1661 दखनीराय स्ट्रीट, नेताजी सुभाष मार्ग, नई दिल्ली–110002
सर्वाधिकार : सुरक्षित / संस्करण : प्रथम, 2018 / मूल्य : दो सौ रुपए
मुद्रक : आर–टेक ऑफसेट प्रिंटर्स, दिल्ली ISBN 978-93-87980-11-2

RISHTON KI NEENV *Stories* by Smt. Mamta Mehrotra ₹ 200.00
Published by Pratibha Pratishthan, 1661 Dakhni Rai Street,
Netaji Subhash Marg, New Delhi-110002

मेरे जीवनसाथी

श्री बृजेश मेहरोत्राजी

को समर्पित

मेरी बात

'रिश्तों की नींव' मेरा नवीन संस्करण सुधी पाठकों के समक्ष प्रस्तुत है। इसकी एक-एक कहानी तिनके के समान समेटकर घोंसला बनाने का उपक्रम किया गया है। इसकी कई कहानियाँ गहन मानवीय संवेदनाओं की पराकाष्ठा हैं और उनसे उपजी पीड़ा को एक मूर्त रूप देने की कोशिश की गई है।

यह मेरा नवाँ कहानी का संस्करण है और इसके प्रकाशित होने से मुझे गहन खुशी की अनुभूति हो रही है। किसी भी एक कहानी को हम संस्करण में अपनी प्रिय-कहानी नहीं बोल सकते, क्योंकि हर कहानी की कोई-न-कोई विशेषता है।

हम 'बड़ी बी' पर आते हैं तो उसमें माँ के उस रूप एवं स्वभाव की विस्तार में चर्चा हुई है, जहाँ वह अपने बच्चों की समस्त गलतियों को माफ कर देती है। उन गलतियों को भी नजरअंदाज कर देती है, जिससे उसका शारीरिक और मानसिक कष्ट जुड़ा हुआ है, क्योंकि वह माँ है!

'एक था सत्येंद्र' कहीं-न-कहीं हमारे सरकारी तंत्र की विवशता-विफलता एवं उसके पूर्ण भौतिकवादी रूप का सजीव चित्रण है। आम आदमी इस तंत्र का सिर्फ और सिर्फ मूकदर्शक मात्र है, अव्वल उसे न्याय में सिर्फ पीड़ा और कष्ट ही मिलता है।

'अवलोकन' आज भी महिलाओं के प्रति पुरुषों की पाशविक छवि को दरशाता है। वे स्त्रियों को सिर्फ उपभोग की वस्तु मानते हैं और इससे

अधिक कुछ नहीं। अगर स्त्री-पुरुष संबंध में कुछ अनहोनी घटित हो जाती है तो उसका संपूर्ण दंड नारी को अकेले झेलना पड़ता है। समाज नैतिक मूल्यों की परिभाषा सिर्फ और सिर्फ स्त्रियों के लिए गढ़ता है और नैतिकता के हनन पर उसे समाज से बहिष्कृत कर देता है।

'स्पर्श' एक मर्मस्पर्शी कहानी है, जो आज के भागमभाग की जिंदगी में आगे बढ़ती हुई नारी के संघर्ष की गाथा है। स्त्री शिक्षित होकर आगे बढ़ना चाह रही है तो उसे दोयम जिम्मेदारियों को बखूबी निभाना आना चाहिए, नहीं तो उसे अनेक समझौते करने पड़ते हैं। नौकरी के साथ-साथ घर एवं बच्चों के दायित्व के साथ परवरिश का भार भी उसकी प्रथम जिम्मेदारियों के खाते में आता है और इसके साथ आज की नारी कोई समझौता नहीं करना चाह रही।

'अतृप्त' उस परिवार की कहानी है, जहाँ बच्चे जानवरों की तरह दाई-नौकरों पर पलते-बढ़ते हैं। ऐसे में वे माँ के भावात्मक एहसास से वंचित रह जाते हैं और बाद में माता-पिता इस लालन-पालन की लापरवाही और गैर-जिम्मेदाराना हरकत को एक-दूसरे के मत्थे मढ़ देते हैं।

'अविश्वास—दो मित्र' एक अनसुलझी प्रेमकथा है, जिसमें दो दोस्त इतने घनिष्ठ हो जाते हैं कि वे आपस में एक-दूसरे की पत्नियों के साथ संबंध स्थापित कर लेते हैं। जब यह बात उजागर होती है तो सभी के संबंधों में खटास आ जाती है।

'रिश्तों की नींव' को लिखने की एक नई विधि और शैली है। इसके तहत यह बताने की कोशिश की गई है कि कभी-कभी का कोई नाम नहीं होता। स्त्री-पुरुष के संबंध सिर्फ प्यार या यौनाकर्षण से ऊपर उठकर बेहद पत्नी और मार्गदर्शक का भी रूप अपना सकते हैं।

'कसाई' एक नारी की पीड़ा की परिचायक है। कभी-कभी गलत कदम आत्मघाती हो सकता है और कई जिंदगियों को बरबाद कर सकता है।

'जुर्म' उस स्थिति को दरशाती है, जब हम गलती करते हैं और उसके बोझ तले जी नहीं पाते। कहीं-कहीं अपनी बात रख देने से हमारी आत्मा पर पड़ा हुआ बोझ काफी कम हो जाता है।

'वह काला कप' हमारे यहाँ काम करनेवाले बाल मजदूरों की पीड़ा का द्योतक है। वे कैसे आगे बढ़ना चाहते हैं, पर चाहकर भी आगे नहीं बढ़ पाते हैं। ऊँच-नीच, भेदभाव उन्हें बाँटकर विभाजित कर देता है।

'मकान' कहानी एक रूपक कहानी है, जिसमें माता-पिता तिनका जोड़-जोड़कर अपने बच्चों के लिए संपत्ति इकट्ठा करते हैं और वह भावी पीढ़ी उसका मोल तक समझ नहीं पाती।

'वो सात दिन' यह दरशाती है कि परिवारों में आज भी लड़कियों की सामाजिक हैसियत नगण्य है। वह माता-पिता के प्रति कितनी भी समर्पित हो लें, पर उनका पारिवारिक मूल्य नगण्य है।

मैं तहेदिल से अपने परिवार, खासतौर पर अपने पति बृजेश मेहरोत्राजी की आभारी हूँ, जिन्होंने मुझे यह स्वतंत्रता दी कि मैं अपने सपनों को जी पाऊँ और नित नए मुकाम हासिल कर सकूँ।

मेरे सुधी पाठक मेरी पूँजी हैं!

—ममता मेहरोत्रा

अनुक्रम

बड़ी बी

बड़ी बी की तबीयत काफी दिनों से खराब चल रही थी, पर कल रात अचानक ही ज्यादा बिगड़ गई थी। पति को मरे अरसा हो चुका था। एक बेटा था, जिसकी बदौलत वह गाँव से शहर आ गई थी। मन तो न लगता था, पर कोई विकल्प भी न था। बेटा काम में व्यस्त रहता था और बहू के लिए तो सास एक जीता-जागता बोझ थी, जिसको वह मुसीबत समझकर टालना चाहती थी। वैसे, बड़ी बी शहर नहीं आ रही थी, पर बेटा जबरदस्ती ले आया था। पति के देहांत के बाद गाँव में रहती भी तो किसके आसरे रहती ? बेटा-बहू के पास भी इतना वक्त न था कि अपना काम छोड़-छाड़कर बड़ी बी के पास गाँव आ पाते। बड़ी बी ने चलने के वक्त कितना कहा था कि उसे वे वहीं छोड़ दें, वह खुश रहेगी, पर बेटा अपने कर्तव्य बोध तले दबा था और यही विकल्प उसको सबसे सही लगा।

जबकि बड़ी बी की बहू ने बीच-बीच में समझाने का प्रयास किया कि बड़ी बी गाँव में ही रह जाती तो कितना बेहतर होता, पर बेटा नहीं माना और बड़ी बी बोरिया-बिस्तर समेटकर शहर आ गई। एक अजनबी, अनजान जगह और नए से जीवन की शुरुआत वह भी इस उम्र में; कोई कम तकलीफदेह न था, पर बड़ी बी हालात के आगे मजबूर हो गई। पर जल्द ही शहर में उसकी एक दोस्त बन गई और उसकी जीवन के प्रति दिलचस्पी शुरू हो गई। वह थी, बगल की मजमून खाला। शायद

हमउम्र, पर बड़ी ही खुशनुमा व्यक्तित्व। घर के कामों से निपटकर वह बड़ी बी के पास आकर बैठ जाती और खरबूजों के बीजों को छीलती हुई बाह्य जगत में घटित हो रही घटनाओं का ब्योरा उसको सुनाती। बड़ी बी और खाला कुछ ही समय में एक-दूसरे की पूरक बन गई थीं।

खाला को जैसे ही खबर लगी कि बड़ी बी अस्वस्थ हैं, वह सब काम छोड़कर उसके पास आ गई।

''क्या बी, यह क्या कर लिया अपनी तबीयत को?''

''अरे खाला, अब तो सामान बाँधने का वक्त आ गया है। यह जर्जर काया कब तक साथ निभाएगी?''

''अरे बी! क्या बात करती हो? हम लोग साथ-साथ ही चलेंगे नए सफर पर। ऐसी भी क्या जल्दी पड़ी है?''

''अरे खाला, क्या साथ कोई आया है, जो साथ कोई जाएगा और क्या साथ लाया है, जो साथ ले जाएगा? सब उसकी मर्जी पर है। अल्लाह की रहमत के बंदे हैं हम सब! जैसे वह रखेगा, वैसे रहेंगे।''

''हाँ बी, ये तो है।''

''खैर छोड़ो, मरने-मराने की बात और सुनाओ, सब कैसा है?''

''क्या बी, क्या नया बताऊँ? कहीं तुमसे भी कुछ छुपा है? तुम तो सब जानती हो। बस, इस खाट पर पड़े-पड़े यूँ ही वक्त गुजार रही हूँ वरना सारी तकलीफ तो सीने में दफन है। वही रोज का किस्सा। अरे, अब इस झगड़े से तंग आ गई हूँ। मेरा आना क्या बहू को इतना भी न सुहाया? जब देखो, किचकिच-पिचपिच। अरे, इससे ज्यादा ऐश तो अपने गाँव में था। नसीम के अब्बा के गुजरने के बाद भी हम सबको कोई दिक्कत न थी। पूरा गाँव खैर-खबर लेनेवाला था। क्या मजाल कि कभी कोई दिक्कत का भी सामना करना पड़ा हो? क्या बच्चा, क्या बूढ़ा—सभी की जुबान पर बड़ी बी का नाम। इसके अब्बू का गाँव में ढेर रुतबा था। खैर, वह तो कल की बात हो गई।'' और नसीम के अब्बू

को याद कर बड़ी बी की आँखें नम हो आईं। उनको याद करके वह आज भी रो उठती थी। साथ बहुत बड़ी चीज है। और साथ का छूटना, जीवन भर के साथ का छूटना एक टूटन का अनुभव अवश्य करा जाता। रह-रहकर वह टीस उभर आती और नासूर बनकर फूट पड़ती।

खाला सुनकर शांत रही और तन्मयता से बीज छीलती रही। वह जानती थी कि इस दर्द की कोई दवा उनके पास नहीं है और रोज कोरी सांत्वना देना व्यर्थ है। बेहतर है, दर्द बहकर दिल से बाहर निकल जाए। उसका आना और जाना एक नैसर्गिक क्रिया थी, जिसमें कोई कुछ नहीं कर सकता।

जब नसीम के अब्बू की याद जेहन में थोड़ी धुँधली पड़ी तो बड़ी बी सँभली। "ये मुए भी याद आकर तकलीफ दे जाते हैं। चलो छोड़ो। अब नसीम को ही देखो, इसी दिन के लिए पैदा किया था क्या? मुआ बहू का पक्का गुलाम है। वह जिस तरफ घुमाना चाहती है उसी तरफ घूम जाता है। ये भी क्या बात हुई? आखिर माँ हूँ उसकी! मेरे भी कुछ अरमान हैं। अरे, जब रूई का नन्हा-सा गोला मेरी गोद में आया था तो कितना उसको ठंड से बचाकर रखती थी? क्या-क्या जतन नहीं किए? अरे, जब एक बार निमोनिया हो गया था तो अजमेर शरीफ की मन्नत तक माँग ली थी। आज हमारे प्यार का यह सिला दिया? मेरा सबकुछ छीनकर मुझको इस खाट पर पनाह दी। अरे, वह जिस भी ऐश्वर्य का सुख भोग कर रही है, वह सबकुछ तो हमारा ही बनाया हुआ है।" और बड़ी बी दु:खी हो गई।

खाला भी क्या कहती? ये तो घर-घर की कहानी है। हर घर का यही रोना है। कहीं बेटा खराब तो कहीं बहू, और अगर ये दोनों ठीक तो फिर सास। खाला अपने बीज छीलती रही।

"अरे, आते ही ऐसा अधिकार जमा लिया बेटे पर जैसे उसकी बपौती हो। छीन लिया मेरे से। अरे, बेटा मेरे से ठीक से बात भी कर ले

तो देखो ऐसा बतंगड़ बनाएगी जैसे आसमान टूट पड़ा हो।''

और खाला 'हाँ-हूँ' में सिर हिलाती रही। बड़ी बी का रोज का यही हाल था। उसे बेटा-बहू के खिलाफ भड़ास निकालकर ही चैन मिलता था, पर खाला कर भी क्या सकती थी सिवाय सुनने के?

''अरे, शादी के बाद तो बेटा उसी के पास रहा। कभी-कभार घूमते-फिरते हुए नसीम और उसकी दुलहन गाँव आ जाते थे। वह भी कुछ दिनों में उसका जी उचटने लगता था और 'शहर चलो, शहर चलो' की रट लगा देती थी। अब पहला मौका ऐसा पड़ा कि साथ रहने का मौका मिला, उसमें भी ऐसा तांडव? उफ्फ, पीड़ा-ही-पीड़ा।''

''हाँ बी, छोड़ो ये सब। अब सोचने का भी फायदा नहीं है। होता है।''

''हाँ-हाँ, तुम तो कहोगी, होता है। तुम्हारा शौहर जो जीवित है। अरे, उसकी खातिर बेटे तुमसे दबते हैं, पर मेरा क्या? नसीम के अब्बू मझधार में ही छोड़ गए। कौन खैरवार है?''

खाला सुनकर भी चुप रही।

''अब जोड़ों में दर्द है। कल बेटे को बोल क्या दिया कि जरा डॉक्टर को दिखा दे, उसे तो लड़ाई का मुद्दा मिल गया। मेरे सामने ही खूब लड़ी नसीम से। क्या मैं सुन नहीं रही थी? अरे, नसीम के अब्बा अभी भी इतना पैसा छोड़ गए हैं कि एक अस्पताल बनवा दूँ, पर बेटे का मोह आ जाता है। उसी खातिर चुप हूँ। कभी-कभी तो मन करता है कि सब कुछ जकात में दे दूँ पर फिर अपनी औलाद पर रहम आ जाता है।''

खाला कुछ नहीं बोली।

''अरे, बहू क्या है? जालिम रूह है। तबाह कर दिया है। बोलने पर आती है तो बोलती चली जाती है। जुबान को तो कभी लगाम ही नहीं देती। अरे, छोटे-बड़े का क्या कायदा है, ये भी उसको नहीं पता।

पता है, तो सिर्फ अपना रुआब। बस, घर में उसकी हुकूमत चलती रहे। अरे! रानियों जैसी रखे हुए है उसको मेरे बेटे ने, वरना उसके बाप की कहाँ औकात कि अपनी बेटी को ऐसे दिन भी नसीब करा सके? ऊपर से जुमला देखो, 'मैं ठहरी बड़े बाप की बेटी।' हाय-हाय! जैसे पूरा महल उठा लाई थी साहबजादी अपने निकाह में; साथ में बाँदी-बाँदियाँ, जो उसके हुक्म की तामील करें।''

अब खाला ने थोड़ा पहल किया।

''अरे बी, बहू को उसकी रहमो-करम पर छोड़ दो। जैसा करेगी, वैसा भरेगी। उसके आगे भी तो औलाद है। एक दिन उसका किया नजारा उसके सामने आएगा। बोया पेड़ बबूल का तो आम काहे को होवे?''

बड़ी बी काफी देर शांत रही। कुछ भी स्वर उसके मुँह से न निकला। वह पड़ी-पड़ी सोचती रही और स्थिर आँखों से मस्तिष्क को स्थिरता प्रदान करती रही।

खाला भी ये सब सुनते-सुनते झुँझला गई थी। रोज एक ही कहानी और कोई भी हल नहीं। ''अरे, बर्दाश्त की भी हद होती है, बड़ी बी। आपने बहुत कर लिया। अरे, कीड़े पड़ें नसीम की बहू के शरीर में; कोढ़ फूटे कोढ़। जो औलाद बूढ़े माँ-बाप की सेवा नहीं कर सकती, उसको तो दोजख भी नसीब न हो।''

''दोजख, दोजख···।'' ये शब्द काफी देर तक बड़ी बी के कानों में गूँजते रहे। सहसा उसके हृदय को झटका लगा। उसकी तो एक ही औलाद है। ''दोजख···।'' बड़ी बी चीख पड़ी, ''खाला! जुबान को लगाम दो। दोजख मेरे दुश्मनों को नसीब हो। मेरा बेटा तो जन्नत की सैर करे। अरे, बेटा है, नासमझ है। इसका ये अर्थ तो नहीं कि नालायक है। अब इतना भी नहीं है, खाला।'' फिर जैसे कोई मंत्र (उर्दू में) बुदबुदाते हुए बोली—''या खुदा! रहम कर। मेरे बेटे को जन्नत नसीब हो।'' और गहन संतुष्टि में उसने आँखें बंद कर लीं।

खाला कभी अपने बीजों को, तो कभी बड़ी बी की तरफ देखती रही और थोड़ी देर बाद सब समेटकर घर जाने को हुई।

''वाह बी! आप भी बस,'' और ठुमककर बाहर चली गई। ''ढेरों काम पड़ा है। बी की अनर्गल बातों में तो बस वक्त नाहक ही बरबाद हुआ।''

बड़ी बी आँखों को बंद कर, खाला की अनुपस्थिति से बेखबर सलामती की दुआ करती रही।

□

एक था सत्येंद्र

रात के तीन बजे ट्रेन 'गया' स्टेशन पर आकर रुकी। जाड़े के दिन थे और कुहासे की रात। हाथ को हाथ नहीं सूझता था। सत्येंद्र थ्री टियर के डिब्बे से नीचे उतरा और प्लेटफॉर्म पर चारों तरफ अपने ड्राइवर को खोजने लगा।

"ओफ, कहाँ मर गया? आज ही के दिन उसको नहीं आना था। कमबख्त कहीं का!" और बेचैन हो वह इधर-उधर घूमने लगा। पूरा प्लेटफॉर्म खाली था। भरा था तो सिर्फ उन भिखारियों से, जिनको रात में भीख की उम्मीद न थी। वह ड्राइवर को खोजता-खोजता प्लेटफॉर्म के आगे बढ़ गया। वहाँ एक परिवार एक पतली-सी चादर से अपना तन ढकने की कोशिश कर रहा था। जब एक खींचता तो दूसरा कुनकुनाता। यही तमाशा सत्येंद्र काफी देर तक देखता रहा। जब आदमी का अपना तन ढका होता है तो दुनिया का नंगापन उसको नहीं दिखता। दिखती है तो सिर्फ गर्माहट, पर सत्येंद्र ठंड से काँप उठा और उसने अपने सूटकेस से पतली चादर निकालकर उस भिखारी परिवार के तन पर डाल दी। अंदर तक कहीं गहन आत्मसंतोष के भाव ने उसको अपने आगोश में जकड़ लिया। वह वापस प्लेटफॉर्म की तरफ मुड़ गया।

"नहीं, अब और इंतजार नहीं कर सकता।" रात गहरी थी और वक्त भी काफी बीत चुका था। वह बाहर आ गया। इतनी ठंड में रिक्शा ढूँढ़ना भी तो बेमानी था। सब कहीं इधर-उधर चादर ताने सो रहे होंगे।

वह धीरे-धीरे आगे बढ़ गया। रात में हाथ को हाथ नहीं सूझता था। ठंड में पैर शीघ्रता से नहीं बढ़ रहे थे। दूर कहीं एक आकृति आती हुई दिखी।

एक रिक्शावाला! ''चलो, एक साथ तो हुआ। अब आराम से घर पहुँचा जा सकता है।'' और हाथ हिलाकर उसने उस रिक्शे वाले को अपनी तरफ आने का इशारा किया। जैसे कि वह रिक्शेवाला भी कोई सवारी खोज रहा था, अनायास ही उसकी तरफ बढ़ आया।

''जी बाबूजी!''

''जरा, बगल की मगध कॉलोनी चलना है। ले चलोगे?''

''हाँ-हाँ, बैठिए। जो मुनासिब होगा, दे दीजिएगा।''

सत्येंद्र ने चैन की साँस ली। कहाँ इतनी ठंड में पैदल घर जाने का ख्याल ही कँपा दे रहा था और कहाँ यह मजे की सवारी! पर मन-ही-मन वह उस ड्राइवर को गाली बक रहा था, जो समय पर नहीं पहुँचा। ''अरे, पाँच मिनट के सफर को बीस मिनट का बना दिया।''

पर सत्येंद्र के लिए यह सफर बीस मिनट का भी नहीं हुआ। इससे पहले कि रिक्शा उसके घर की तरफ जानेवाली गली में मुड़ता, सत्येंद्र सड़क पर पड़ा था और रिक्शावाला उसका सब सामान छीनकर भाग चला। सत्येंद्र की अँगूठी, चैन और घड़ी निकालने में उसे वक्त न लगा। इधर सत्येंद्र सड़क पर गिरा अपनी अंतिम साँसों का पड़ाव गिन रहा था उधर उसी गति से वह रिक्शावाला रात की नीरवता चीरता हुआ यह जा, वह जा।

(2)

सुबह जमीन में थोड़ी नमी थी। रात की धुँध छँटने लगी थी और ओस बन पूरी जमीन पर फैल गई थी, पर सत्येंद्र के परिवार पर जैसे धुँध छा गई थी और मौत का सन्नाटा आँसू बन पूरे परिवार पर फैल आया था। हर सदस्य की आँखों में आँसू थे और माँ के रुदन में चीख।

वह घुटी-घुटी चीख, जो गले में ही दबकर रह जा रही थी।

सुबह सत्येंद्र की लाश सड़क पर मिली। उसका रात में ही कत्ल हो गया। पूरी सड़क पर खून बिखरा हुआ था। सामान भी सब तितर-बितर था। एक भले राहगीर ने लाश को पहचानकर थाने में सूचना दी थी। 'गोल्डन कंस्ट्रक्शन से जुड़े एक इंजीनियर की मौत—नाम सत्येंद्र दूबे।' और यह खबर जंगल में आग की तरह फैल गई। सारे मीडियाकर्मी, प्रशासन से जुड़े लोग, सब के सब इस दु:खद मौत के हादसे से चिंतित थे, "क्यों ऐसा हुआ? कुछ कहा नहीं जा सकता।"

"अरे, बड़ा सीधा सज्जन व्यक्ति था। ऐसे व्यक्ति का भी कोई दुश्मन हो सकता है, ऐसा सोचना बेबुनियाद है।"

"अरे, क्या वक्त आ गया है? आदमी अपने रास्ते चले तो भी चैन नहीं।"

सबको दु:ख था इस दर्दनाक हादसे से, सब बेचैन थे।

"बड़ा ही ईमानदार ऑफिसर था। ईमानदारी खा गई। आजकल के जमाने में ईमान-धर्म से काम करना भी अधर्म है। चोरों को इसके होने से भय होगा कि कहीं उनकी नौकरी खतरे में न पड़ जाए। काम तमाम करके फेंक दिया गटर में। अरे भइया! इसी को कलियुग कहते हैं, कलियुग। ऐसे में पाप का बोलबाला है।"

"अरे, इतना पढ़ा-लिखा था। आई.आई.टी. पास था। विदेश चला जाता तो आज जान बच जाती, पर नहीं, अपने ही देश में सेवा करने का चस्का जो सवार था, बच्चू की जान ले गया।"

"अरे भइया जो होना होता है, वही होता है। जान जानी थी तो गई। क्या विदेश क्या अपना देश? जीवन-मृत्यु पर तो सिर्फ ऊपर वाले का जोर चलता है। काल लील गया।"

जितने मुँह उतनी बातें। सिर्फ बातें ही तो थीं। असली आफत तो माँ-बाप पर पड़ी थी, जिनका इकलौता कमाऊ पुत्र चला गया। पिता

तो लाश देखकर ही बिफर गए थे। आँसू थे कि थमने का नाम नहीं ले रहे थे। थमते भी कैसे? सत्येंद्र अपने साथ उनके जीने की आस भी ले गया। गरीब परिवार ने हीरा पैदा किया था। शुरू से ही पढ़ने में अव्वल रहनेवाला सत्येंद्र देखते-ही-देखते जीवन में कब उन्नति की सीढ़ियाँ चढ़ता गया, कभी किसी को पता ही न चला। पता तो तब चला, जब आई.आई.टी. कानपुर में इंजीनियरिंग में दाखिला हो गया।

माँ तो होश में आ-आकर रोए जा रही थी। ''न ही मेरा लाल आई.आई.टी. जाता, न ऐसा होता। इससे भला तो अनपढ़-गँवार ही रहता।'' और उन बूढ़ी आँखों के सपने मुरझा जाते। वह फिर बेहोश हो जाती। बेटे को खोकर इन बूढ़ी आँखों को अब कुछ भी देखने के लिए नहीं बचा था। बचा था तो सिर्फ दुःख और सूनापन। छोटा बेटा और बेटी भी माँ के आगे आने से घबरा रहे थे। जीवन की इस कटु सच्चाई को झेलने और सामना करने का साहस किसी में न था।

लोगों का हुजूम तो जैसे इस दुःख को बाँटने चला आ रहा था। इतनी बड़ी परियोजना से जुड़े पदाधिकारी की मौत! वह भी सरेआम, कोई मामूली बात न थी। मामूली थी तो सिर्फ मौत, और वही उसको लील गई पर उससे जुड़े अनेक अनबुझे सवाल छोड़ गई।

''अरे, मौत एक कत्ल थी, कोई साधारण मौत तो नहीं।'' जिले के पुलिस कप्तान बोले।

''हाँ, कत्ल का कारण।'' मीडिया के एक रिपोर्टर ने प्रश्न उछाला और कत्ल के कारणों की तफतीश शुरू हो गई।

(3)

एक जोरदार खबर। गरमागरम मसाला। सत्येंद्र की मौत पर दुनिया भर का बावेला। जो आदमी जीते-जी अपने विभाग में प्रतिष्ठा न कमा पाया, वह मरने के बाद प्रसिद्धि पा गया। क्या टी.वी., क्या अखबार—एक पुरजोर खबर से पूरा भर गया, पर प्रशासन की नाक में दम कर गया।

''जरूर ईमानदार था इसीलिए इसके विभाग का कोई आदमी इसके पीछे पड़ गया होगा।''

''हाँ, सुनते हैं, इसने प्रधानमंत्री कार्यालय में भी विभाग के कुछ पदाधिकारियों के खिलाफ चिट्ठी लिखी थी। उन्हीं में से किसी की साजिश है।'' पुलिस विभाग में खलबली मची हुई थी। यह कत्ल उनकी रातों की नींद हराम कर गया था। हर नेता और पार्टी इसको अपना मुद्दा बनाए हुए थी। प्रधानमंत्री का नाम जुड़ने के बाद तो कोई भी चीज विशिष्ट हो जाती है, फिर सत्येंद्र जैसा विकल्प था।

इस परियोजना में भ्रष्टाचार, विपक्ष को तो जोरदार चुनावी मुद्दा मिल गया। सत्येंद्र के घर के दरवाजे पर हर नेता अपना मत्था टेककर चुनावी आँकड़े सही करना चाहता था। ईमानदारी का मुद्दा कोई छोटा-मोटा तो था नहीं। लुप्तप्राय चीज है ईमानदारी और उसका साथ देकर बड़े-बड़े नेता भी अपनी कद-काठी में इजाफा प्राप्त कर रहे थे।

अखबारों में सत्येंद्र के नाम के चर्चे-ही-चर्चे थे और मृत सत्येंद्र सहसा जीवित हो उठा था। उसके केस की खोजबीन लोकल पुलिस से लेकर सी.बी.आई. को सौंप दी गई थी।

चुनावी सरगरमी तेज हो गई थी। एक तरफ हाथी और दूसरी तरफ शेर का मुकाबला था। दोनों के प्रत्याशी पूरी मुस्तैदी के साथ अपनी-अपनी पार्टी का समर्थन बटोरने में लगे थे। चौक-चौराहों पर मीटिंग हो रही थी। परचे बँट रहे थे। ऐलान हो रहे थे। उम्मीवार नींद से जागकर मतदाताओं को अपनी ओर आकर्षित कर रहे थे। सत्येंद्र एक व्यक्ति न होकर चुनावी मुद्दा था।

''सत्येंद्र अमर रहे।'' हाथी पक्ष का कहना था। ''ईमानदारी का बोलबाला हो। अगर पार्टी चुनाव में जीत जाती है, तो उनके नाम का अस्पताल बनेगा।''

''हाँ···हाँ, अस्पताल बनेगा।'' लोग चिल्लाते हैं। उधर शेर वाले

भी चुप कहाँ बैठनेवाले थे? सत्येंद्र के छोटे भाई को घुमा-घुमाकर स्कूल खोलने का ऐलान हो रहा था। ''कोई भी अशिक्षित न रहेगा। स्कूल बनेगा, हर बच्चा पढ़ेगा।''

''हाँ...हाँ पढ़ेगा।'' भीड़ बोलती।

तो अस्पताल बनाम स्कूल की लड़ाई छिड़ गई। संघर्ष तलवार की धार जितना बारीक है। मत बँटे हुए हैं। जीत के लिए कुछ एक मत ही निर्णायक होंगे। प्रतिस्पर्धा में कोई कमी नहीं है। जिंदाबाद, मुर्दाबाद के नारे तेज हैं।

सी.बी.आई. गया में घूम-घूमकर जाँच-पड़ताल कर रही है। परिवारवालों से लेकर आस-पास घूमकर सबसे पूछताछ जारी है। लोकल पुलिस का भी सहयोग बराबर मिल रहा है।

''पता नहीं साजिश के तहत कत्ल हुआ है कि छीना-झपटी की घटना है? अरे, शहर की विधि व्यवस्था भी तो दुरुस्त नहीं है। कहीं कातिल का मकसद लूटपाट तो नहीं था?''

सी.बी.आई., एस.पी. चिंतित घूम रहे हैं। केस पेचीदा तो है पर मुश्किल नहीं। सारे कागजात का अवलोकन हो रहा है।

''यहीं देखो किस्मत! इस जिले का पुलिस कप्तान भी सत्येंद्र के ही बैच का था। दोनों ने साथ-ही-साथ आई.आई.टी. से पढ़ाई पूरी की थी। कहाँ एक हीरो, कहाँ दूसरा जीरो?'' और सी.बी.आई. के डी. वाई.एस.पी. ठठाकर हँस पड़े।

''हाँ, सुनते तो हैं कि इस एस.पी. के कार्य भार सँभालने के बाद से शहर की विधि व्यवस्था में काफी गिरावट आई है।'' सी.बी.आई. के एस.पी. सक्सेना बोले। फिर खुद ही थोड़ा रुककर बोले, ''भाई, आनी लाजिमी ही है। अगर एस.पी. घर के अंदर बैठा रहेगा तो शैतान तो बाहर ही घूमेगा न? वही हो रहा है। अरे, एस.पी. का काम तो रात में बढ़ता है। जब आम और अवाम अपने-अपने घरों में आराम फरमा

रहे होते हैं तो चोर निकलते हैं और तभी न उनको दबोचा जा सकता है न?'' और सक्सेना फाइल के ऊपर झुक गए, उत्तर प्रदेश के 1984 बैच के आई.पी.एस. पदाधिकारी। मध्यम कद, पर चतुर दिमाग। बड़ी-बड़ी मूँछों में उलझकर केस बाहर जा ही न पाता था। केस पर पड़ी हुई परत सीधे मुँह के माध्यम से बाहर आ जाती थी। केस में तफ्तीश जारी थी। सी.बी.आई. के हाथों में जाने से राज्य सरकार भी निश्चिंत थी कि चलो, अपनी बला केंद्र के मत्थे मढ़ दी। मिस्टर सक्सेना कई बार सत्येंद्र के घर जाकर जाँच-पड़ताल कर चुके थे। रिक्शेवाला पकड़ा गया था। शक की सूई उसी के ऊपर जाकर टिक रही थी। विपक्ष के नेता ने मिस्टर सक्सेना से पूछा—

''क्या कारण था?''

''लूटपाट।''

''ओफ! खोदा पहाड़ निकली चुहिया।''

''हाँ, छोटीवाली।''

''अब हमारे चुनावों का क्या होगा? मामला थोड़ा दबा दीजिए।''

''हा-हा'' सक्सेना हँसे, ''और सरकार को गिरा दीजिए। उफ! सरकार तो जाएगी ही जाएगी, उलटे हमारी नौकरी खतरे में पड़ जाएगी।''

''तौबा, हमारा चुनाव!'' नेताजी चिंतित दिखे।

''अरे, आप लोगों का क्या है? अब कुछ और चुनावी मुद्दा बना लीजिएगा। अब सत्येंद्र का कत्ल साजिश के तहत होता तो उसको शहादत मिलती। ऐसे तो रोज ही लोग इस दुनिया में मरते हैं। आबादी कैसे कम होगी?'' और सक्सेना ठठाकर हँस दिए।

नतीजे सामने आए। हाथी की शेर पर विजय हुई। उम्मीदवारों का जश्न जुलूस निकला। जो हारे, उनके मुँह लटके हुए थे। शेर के उम्मीदवार ने पूरे इलाके में ऐलान कर दिया था कि जीत पर वह सबको दावत देगा। टिन के टिन देशी घी और डालडा घर में आने लगा। राशन

की दुकानों से चावल और गेहूँ उठवा लिया था। सब व्यर्थ गया। खाली तंबू और कनातों में कुरसियाँ बेतरतीब पड़ी हुई थीं।

उधर, हाथी का विजय जुलूस निकल रहा था। जय-जयकार के नारे लग रहे थे। हाथी का उम्मीदवार धन्यवाद भाषण दे रहा था। किसी ने कान में कुछ कहा, ''अस्पताल का जिक्र करिएगा, सर।''

''काहे का अस्पताल? कौनो ससुरा ईमानदारी के नाम पर शहीद हुआ है? अरे, लूट लिया गया। जरूर बेईमानी का पैसा लेकर रात में घूम रहा होगा। लुट गया। और उसके नाम पर हमारी पार्टी तो शहीद न हुई, यही क्या कम बड़ी बात है? कौन अस्पताल? छोड़िए ये सब, और जीत का आनंद लीजिए। बाकी पाँच साल बाद देखा जाएगा।''

''हाथी अमर रहे। अमर रहे।''

''जिंदाबाद, जिंदाबाद।''

ठंड का कहर बढ़ता जा रहा था। फूस-टप्पर का घर कब तक बूढ़ी हड्डियों को ठंड से बचा पाता? सत्येंद्र की माँ की हालत बिगड़ने लगी। दोनों छोटे भाई-बहन रोने लगे। बीच-बीच में सत्येंद्र के बाबू हिम्मत बँधा दे रहे थे—''मत रो, मेरे बेटे। सब ठीक हो जाएगा।'' और वे बगल वाली चाची जान को बुला लाए।

''बड़ी बी, जरा बच्चों का ध्यान रखना। मैं तब तक कुछ करता हूँ।''

बाहर निकल पास के पी.सी.ओ. से उसने हाथी के उम्मीदवार को फोन लगाया, ''सर... !''

''कौन... ?''

''सर, मैं सत्येंद्र का पिता... ।''

''कौन सत्येंद्र?'' हाथी के नेता का तुरंत जवाब था। फिर जैसे दिमाग पर जोर देते हुए और अपने आपको सँभालते हुए बोला, ''हाँ-हाँ, नाम तो काफी जाना- पहचाना लग रहा है। अच्छा-अच्छा, हाँ-हाँ याद आया। हाँ-हाँ, बोलिए?''

काफी राहत महसूस करते हुए सत्येंद्र के पिता बोले, ''सर, बड़ी मुश्किल में हूँ। सत्येंद्र की माँ···'' और वे रोने लगे। अपनी कमजोरी पर उनको ग्लानि भी हुई, पर वे अपने को रोक नहीं पा रहे थे।

''सर···।''

''हाँ-हाँ, बोलो। क्या हुआ? उनका देहांत···।'' फिर बात जबान से काट ली।

''नहीं सर, वह··· उसको काफी कै, उल्टी हो रही है। ठंड ने उसको जैसे जकड़ लिया है। डर है सर, कहीं इतना कस के न जकड़ ले कि बूढ़ी सँभल ही न पाए।?''

''अच्छा-अच्छा, बस इतनी सी बात है? मैं अस्पताल फोन कर देता हूँ, तुम ले जाओ।''

''जी सर, कुछ पैसे-वैसे का भी इंतजाम, सर···।'' सत्येंद्र के पिता ने लाचारी जताई।

''हाँ-हाँ, देखते हैं। तुम पहले अस्पताल ले जाओ, दवा-दारू मुफ्त हो जाएगी।'' और नेता ने फोन काट दिया।

''ससुरा ये सत्येंद्र भिखारी निकलेगा, सोचा भी न था। साला इतना बड़ा इंजीनियर था और अपने लिए कुछ जोड़-बटोरकर न गया? कम-से-कम अपने लिए न सही, अपने परिवार का तो सोचता। ऐसे लोग खुद के लिए मुसीबत खड़ी करते हैं, दूसरों के लिए भी एक समस्या हो जाते हैं और जिंदगी भर ईमानदारी का ढोल ही पीटते रह जाते हैं, नगाड़े बजा-बजा।''

''लगा फोन खैराती अस्पताल में। देखें, क्या हो सकता है?''

फोन लगाने का काफी बार असफल प्रयास किया, पर कुछ सफलता हासिल नहीं हुई। तभी नेताजी से मिलने मंत्री जी आ गए और बात आई-गई हो गई।

उधर सत्येंद्र के पिता उसकी माँ को रिक्शे में लेकर अस्पताल की तरफ निकल गए।

''बस, थोड़ी देर की बात है, तुझे आराम मिल जाएगा। अरे रिक्शेवाले! थोड़ा जल्दी चलाओ, कहीं देर न हो जाए।'' सत्येंद्र की माँ उधर ठंड में जकड़ी चली जा रही थी और उसको बचाने के लिए बार-बार सत्येंद्र के पिता चादर ओढ़ा रहे थे, पर मुई चादर ऐसी थी कि ठंड जाती ही न थी।

खैर, दोनों लोग अस्पताल पहुँच गए। सत्येंद्र के पिता ने दौड़कर बाहर ऑफिस में संपर्क किया।

''ऊपर से कोई फोन-वोन आया?''

''कैसा फोन?''

''वही, भरती कराने के लिए।'' अश्रु-मिश्रित गले से बोले, ''सत्येंद्र की माँ है। बीमार है। इलाज की सख्त जरूरत है। कृपा कीजिए।''

''अरे,'' नर्स ने बेतकल्लुफी से कहा, ''यहाँ अस्पताल में वही आता है, जिसे इलाज की सख्त जरूरत होती है। कभी किसी भले-चंगे मनुष्य को अस्पताल का रुख करते देखा है?'' नर्स ने एक कटाक्ष मुसकान की निगाह से उनको देखा और आगे बढ़ गई।

सत्येंद्र के पिता ने काउंटर पर जाकर की खटखटाया और परचा बनवाने की कोशिश की, ''कोई तो मदद करो, इस बूढ़ी की जान बचा लो।''

पर काउंटर पर खड़े व्यक्ति सिर्फ आपस में बातें करते रहे और हर प्रकार से उन्होंने अनभिज्ञता दरशाई।

एक ने तो चुटकी भी ली। ''अरे, बूढ़ी को मर जाने दें। पता नहीं लोग सोचते हैं कि अमरत्व बँटता है अस्पताल में? अरे, क्या आदमी मरेगा नहीं? काहे पैसा बरबाद करते हैं और खामख्वाह वक्त भी बरबाद करते हैं।''

सत्येंद्र के पिता का क्रोध चरम सीमा पर पहुँच गया पर जब

हालात ठीक न हों तो क्रोध को जज्ब कर लेना श्रेयकर होता है, और यही उन्होंने किया।

उबलते हुए क्रोध को पीकर वह मदद के लिए इधर–उधर भागते रहे। एकाध जगह उन्होंने सत्येंद्र के पिता के रूप में परिचय देने की कोशिश भी की, पर नाकाम रहे।

''कौन सत्येंद्र ?'' सुनने के बाद उनकी हिम्मत न हुई कि अपने मृत बेटे के नाम का वे सौदा करें। हालात से हताश वे दौड़ते हुए अपनी बूढ़ी पत्नी के पास गए। वह रिक्शा में आधे–अधूरे वस्त्र पहने पड़ी तड़प रही थी। उनकी चादर बदन के एक सिरे पर सिमटी हवा में फड़फड़ा रही थी। रिक्शा चालक बीड़ी सुलगाने पास की पान की दुकान पर खड़ा था। सत्येंद्र के पिता हताश–सा बीबी के पास बैठ गए। अश्रुओं की अविरल धारा उनके नयनों के पोरों को भिगोकर बह रही थी। इधर–उधर घूमनेवालों का हुजूम लग गया था। सबके चेहरे पर अफसोस और तरस था। कुछेक लोग तो चंदा भी इकट्ठा कर रहे थे, कफन के मार्फत।

''बेचारी!''

''यह दिन भी देखना था ? शायद कोई आस–औलाद नहीं होगी तभी बूढ़े पति के कंधे का सहारा मिला।''

तभी वहाँ से सायरन बजाती हुई गाड़ी का स्वर सुनाई दिया। कोई वी.आई.पी. पास कर रहा था। पाँच–छह गाड़ियों का काफिला था। आगे की गाड़ियाँ आगे बढ़ गईं, पर बीच वाली रुक गई।

एक भारी–भरकम आदमी कुरता–पायजामा पहने उतरा। रुआबदार चेहरा, वजनदार व्यक्तित्व। उसके उतरते ही लोगों ने चिल्लाना शुरू कर दिया।

''नेताजी जिंदाबाद।''

''नेताजी अमर रहें।''

भीड़ की तरफ मुखातिब होकर नेताजी बोले, ''भाइयो और बहनो! यहाँ क्या हो रहा है ?''

''सर, एक बुढ़िया इलाज के अभाव में मर रही है।''

''अरे, हमारे रहते हमारी प्रजा इलाज के अभाव में मरे?'' और आगे बढ़कर उन्होंने अपनी जेब से रुपयों की भारी-भरकम गड्डी बूढ़े के हाथ पर रख दी और गाड़ी की तरफ मुखातिब हो गए।

उनकी जयकार के नारे लग रहे थे। लोग दौड़-दौड़कर नेताजी का सामीप्य चाह रहे थे। काफिला आगे बढ़ गया। लोग भी छिटककर अपने-अपने रास्ते निकलने लगे।

तभी एक व्यक्ति दौड़ता हुआ आया।

''अरे बाबूजी! आपको तो कहीं देखा है'' और उस बूढ़े की सूनी आँखों में वह सत्येंद्र को तलाशने लगा, पर रुपए की गड्डी पकड़े सत्येंद्र के पिता मौन रहे।

□

अवलोकन

“बस, बहुत हो गया…!” डॉक्टर सहाय के चेहरे पर गुस्सा तमतमा आया।

“सारे डॉक्टर तो छुट्टी मनाते हैं और जो सीधा-साधा मिल जाए, उसको पकड़कर ड्यूटी करवाते हैं, ये तो हद हो गई। आज मेरी बेटी का जन्मदिन है, पर नहीं। सुपरिंटेंडेंट साहब का फोन आ गया कि उक्त लड़की की पोस्टमार्टम रिपोर्ट भेजनी है। अरे, साली को आज ही जहर खा मरना था? जी जाती तो क्या गम था, पर नहीं…।”

पोस्टमार्टम रूम में प्रवेश करते ही जैसे जी घिन्ना गया। वही बदबूदार कमरा। वही सड़ी-गली लाशें।

कैसे जीवित आदमी पल भर में लाश बन जाता है? कभी इस तन पर इतरानेवाला मिट्टी में मिल जाता है। सैकड़ों आए और गए पर… अभिमान किसके साथ जाता है?

कमरे में रोशनी की समुचित व्यवस्था न थी। किसी तरीके से इन्वर्टर से रोशनी का इंतजाम किया गया था। जरूरी रिपोर्ट भेजनी थी। इस लड़की की मौत ने बावेला खड़ा कर दिया था। बात रफा-दफा करनी थी, इसलिए उसे चुना गया था। वह इन सब मामलों में पक्का था। कहाँ क्या देखना है, क्या लिखना है, कैसी रिपोर्ट बनानी है, इतना अनुभव सर्विस में रहते हुए उसे हो गया था।

“चलो, आज की पार्टी बन गई।” मन-ही-मन सोचकर वह खुश

हुआ। रिपोर्ट को दबाना ही तो है, और मारे घृणा के उसने कसकर आँखें बंद कर ली। सामने एक पूरी जली लाश पड़ी थी।

"संजय!" मारे विरूपता के उसका मन कसैला हो गया। इतना वीभत्स चेहरा उसने जीवन में कभी न देखा था। शरीर जलकर पूरा खाक हो चुका था। पूरे शरीर में ऐंठन थी। मांस तो लोथड़ा बन झूल रहा था।

संजय दूसरी टेबल पर खटर-पटर कर रहा था। माहौल में इतनी शांति थी कि चलने और साँस लेने की भी आवाज दूर तक सुनाई दे रही थी। "कहीं लाशें भी बोला करती हैं?" संजय चौंक उठा, "क्या हुआ, साहब?" फिर हँस पड़ा।

"लगता है, घबरा गए। अरे! उस सामनेवाली औरत में ऐसा क्या है? वही...जलाकर मार डाला।" फिर थोड़ा अफसोस जाहिर करते हुए बोला, "वही पुरानी कहानी। प्रताड़ना, फिर जलाना। अरे, जब बाप के पास पैसा नहीं था तो शादी काहे की थी? कोई बोलने आया था ऐसा करने के लिए? अरे, घर बैठाकर नहीं रख सकते थे क्या लड़की को? मरने के लिए ससुराल भेज दिया। जब भेज दिया और दहेज नहीं दिया तो मरेगी ही साली। गई, पिंड छूटा गरीबी और जिल्लत भरी जिंदगी से। अब कम-से-कम दूसरे जन्म में अच्छा होने का चांस तो हो गया।" और फिस्स-से हँस पड़ा।

डॉ. सहाय को हँसी नहीं आई, पर शायद दुःख भी नहीं हुआ। कौन अपना जला था, जो दुःख मनाते? गैरों के ऊपर वक्त बरबाद करने का उनका कोई मूड न था, न ही वक्त था। अभी बाहर निकलकर बेटी के लिए एक अच्छा-सा तोहफा खरीदना था।

क्या लें, क्या न लें, यही नहीं समझ आ रहा था।

कपड़े...उफ... गया था कपड़ों की दुकान में। एक-से-एक सजीली ड्रेस—परियों जैसी...पर नहीं—बीवी ने कुहनी मार दी।

"आजकल जनाब! इन ड्रेसेस का जमाना नहीं है। बेटी इनको

देखकर ही पहले तो नाक-मुँह सिकोड़ेगी और फिर उनको उठाकर घर के बाहर फेंक देगी।''

''क्या मम्मी···! अगर इन कपड़ों में मेरी सहेलियों ने देख लिया तो अच्छे से चिढ़ाएँगी। आकांक्षा बहनजी आ रही हैं। क्या माँ, यही कपड़े मिले थे आपको मेरे लिए? अरे, कोई चुस्त-दुरुस्त स्कर्ट-ब्लाउज या जींस-टॉप लेना था।'' और वाकई उसकी पत्नी उसे काउंटर के दूसरी तरफ ले गई और जो कपड़े दुकानदार ने दिखाए, उन्हें देखकर सहाय की आँखें नीची हो गईं। गला खँखारकर बोला,

''तुम पसंद करो; मैं तब तक घूमकर आता हूँ।''

मिसेज सहाय ने फिकरा भी कसा, ''हाँ, जनाब को सिगरेट की तलब हो आई होगी। जाइए, पर जल्दी ही आइएगा।''

और डॉक्टर दुकान से बाहर आकर खड़ा हो गया। थोड़ी देर खड़ा रहा। मन नहीं लगा। फिर अंदर आ गया। अभी भी मिसेज खरीददारी में व्यस्त थी।

''उफ! ये औरतें भी हद करती हैं। इतना वक्त वे एक ही चीज के पीछे लगाती हैं, तभी तो कुछ तरक्की नहीं कर पातीं। बस, झूठ-मूठ का काम और उससे फुर्सत मिल जाए तो अच्छे से गप-शप। गप-शप क्या···जमकर बुराई। बस, दिनचर्या हो गई। जीवन भी फालतू का और जीने का ढंग तो उससे भी फालतू।'' और वह पास की दुकान पर आगे बढ़ गया।

एक सिगरेट लेकर सुलगाई और वक्त बिताने के लिए धीरे-धीरे कश खींचने लगा। सामने से दो लड़कियाँ जा रही थीं। यही कोई कॉलेज जानेवाली उम्र की रही होंगी। वैसे ही हाव-भाव, मुख भंगिमा, पर चेहरे पर जितना सलोनापन था, शरीर के कपड़े उतने ही भड़काऊ।

''क्या हो गया है आजकल की बच्चियों को और उनके माता-पिता को? जरा भी ख्याल नहीं रखते।''

और तभी एक साइकिल सवार पीछे से सीटी मारता हुआ निकल गया। डॉ. सहाय के खून में उबाल आ गया, पर किसको दोष देते? लड़कियों को या फिर लड़कों को...नहीं, यह न उनका दोष है न इनका। यह दोष है उम्र का या फिर...शायद परवरिश का...नहीं, आजकल की संगति ही चौपट है···एक से एक को गलत लत लगती है और युवा पीढ़ी गलत दिशा में जा रही है।'' अपने क्रोध को वे सिगरेट के टुकड़े पर निकालने लगे। कसकर उसको मसल दिया और अंदर आ गए। तब तक बीवी की खरीददारी पूरी हो चुकी थी और उसकी जरूरत पेमेंट के लिए पड़ रही थी। अपनी समझदारी चुपचाप पेमेंट करने में है, यह समझकर वे बाहर आ गए।

संजय उस लाश के पोस्टमार्टम की तैयारी कर रहा था। समस्त औजार तैयार थे। डॉ. सहाय ने सिगरेट जलाई, माचिस की रोशनी में इस स्त्री के ऊपर निगाह चली गई, जो सामने लेटी थी।

स्त्री, नहीं–नहीं, स्त्री कहना उसका अपमान होगा। एक बेहद प्यारी–सी लड़की—सलोनी नहीं, खूबसूरत–सी थी। सलोनी तो उसकी सुंदरता के लिए एक छोटा विशेषण होगा। शायद ईश्वर ने उसको फुरसत में गढ़ा होगा। निगाहें तब हटीं जब माचिस की तीली से हाथ जलने लगा। तीली तुरंत नीचे फेंककर हाथ को थोड़ी देर मसलता रहा। जब थोड़ी ठंडक पहुँची, तब जोर से एक कश खींचकर अपने अंदर थोड़ा धुआँ भरा, पर निगाह उस सुंदर चेहरे से हट ही नहीं पा रही थी। इतनी सुंदरता लाश में भी बदल सकती है, वह भी इतनी जल्दी, इसका आभास किसको होगा?

बाहर बेंच पर कुछ हिलने की आवाज हुई। शायद कोई था। डॉक्टर साहब बाहर की तरफ गए। ''इस वक्त इस मुर्दाघर में कौन होगा?'' एक सिसकी की भी आवाज सुनाई दी। झाँककर देखा तो एक अधेड़ उम्र की महिला घूँघट की ओट में अपना मुँह ढककर सिसक रही है। अपने

दु:ख में वह इतनी डूबी हुई थी कि डॉक्टर के आने का उसको भान ही न हुआ। डॉक्टर काफी देर वहाँ खड़ा रहा, पर वह सिर झुकाकर सिर्फ सिसकती रही। डॉक्टर के भी हृदय में एक टीस उभरी। पहली बार, उस सुंदर लाश से उसका मानवीय रिश्ता स्थापित हुआ। वह भी किसी की बेटी, किसी की अपनी थी। और पता नहीं क्यों, बिना रुके डॉक्टर अंदर आ गए। डॉक्टरी के पेशे में आत्मीयता घातक थी। मानवीय संवेदनाएँ इनसान को कमजोर बनाती हैं, और उसमें भी सबसे अधिक मोह। मोह तो अच्छे-अच्छे को कायर कर देता है, फिर डॉक्टर भी तो इनसान ही था। वे अब तुरंत उस लाश का अंत्य परीक्षण कर घर जाना चाहते थे। अनायास ही उनका सिर भारी हो गया था।

अंदर वह बेजुबान सुंदर लाश पड़ी हुई थी। पहले-पहल जो आकर्षण डॉक्टर ने महसूस किया वह अब ठंडा पड़ गया था। अब न कोई आकर्षण था न कोई उत्तेजना। सिर्फ एक उदासी—एक गहन उदासी। एक बेबस कमजोर लड़की, जो उसके सामने खाक बनी पड़ी थी।

"क्या है ?" उसे अपनी ही आवाज बेमानी लगी। एक झुँझलाहट ने अंदर प्रवेश कर लिया था।

"कुछ नहीं, डॉक्टर साहब। इस लड़की ने जहर खाकर अपनी इहलीला समाप्त कर ली। शायद कुछ इश्क-विश्क का चक्कर था। पहले तो कुछ अनैतिक करेंगे और उसके बाद जब सब गड़बड़ हो जाएगा तो खल्लास। सब खत्म। लो, कर लो बात। अरे, अपने ऊपर जब नियंत्रण न था तो घर की चारदीवारी में बंद करके माँ को रखना चाहिए था। अब बाहर बैठी सुबक रही है। लड़की···" फिर कुछ देर के लिए संजय चुप हो गया। फिर दबी जुबान में बोला, "लड़की, सुनते हैं बदचलन थी!"

पर डॉक्टर चुप रहे। कैंची पकड़ते हुए उनके हाथ काँप रहे थे। उन्हें भी कहाँ नियंत्रण रह पाया था जब उन्होंने इस लड़की को पहले-

पहल देखा था। ऐसा खूबसूरत चेहरा…कि लाश भी बोलने लगी थी। एक मासूम कमसिन लड़की, शायद पंद्रह–सोलह साल की उम्र ही होगी। मृत्यु के बाद होंठ नीले पड़ने लगे थे। सुर्ख गुलाबी गाल पर ये हलके नीले होंठ मादकता का पुट डाल रहे थे। अगर ये जीवित होती तो… ?

सहसा डॉ. सहाय चौंके, "यह क्या हो रहा है मुझे? आज मेरा अपने आप पर भी कोई जोर नहीं चल रहा।"

तभी मोबाइल की घंटी बज उठी। शांत वातावरण में चीखती हुई सी एक आवाज। मृत्यु के बीच में मधुर प्रेमालाप का गाना भी अजीब लग रहा था। 'ये मेरा दिल प्यार का दिवाना' यह गाना उन्होंने जान–बूझकर अपनी रिंग टोन के रूप में डाला था, जिससे मोबाइल की ध्वनि कर्कश न लगे, पर आज बेमानी जरूर प्रतीत हो रही थी।

"हाँ, बोलो," दूसरी तरफ उनकी बीवी थी।

"जल्दी घर आ जाना। हर बार की तरह पार्टी शुरू होने के वक्त मत पहुँचना। समझे?" डाँट थी, आदेश या प्यार का इजहार, उन्हें कुछ समझ में न आया। बस यंत्रवत् वे 'हूँऽ हाँ' करते रहे फिर मोबाइल काट दिया।

संजय की मदद से भावशून्य वे आगे काम में लग गए। जैसे ही पेट खोला, तो वे भौंचक्के रह गए। पेट के अंदर एक छोटा–सा पाँच महीने का बच्चा माँ के साथ ही खत्म हो गया था। माँ के खून के साथ उसके शरीर में भी जहर फैल गया था। वह नन्हा, अबोध शिशु; शायद नहीं, यकीनन लड़का था जो इस दुनिया में आने से पहले ही संसार से विदा हो चुका था।

उस बच्चे पर हाथ रखते ही डॉ. सहाय के माथे पर पसीने की बूँदें छलछला आईं, पर आँखों के पोरों में उन्होंने जो महसूस किया, वह पसीना न था, बल्कि अश्रु की कुछ बूँदें थीं, जो पसीने के साथ मिलकर नमकीन हो गई थीं। आँसू भी कैसे होते हैं, अक्सर बिन बुलाए मेहमान

की तरह पधार जाते हैं और सब राज खोल देते हैं। उस लड़की की घुटन और पीड़ा पर उनका हृदय भी द्रवित हो उठा।

''कितनी शर्मसार मौत झेलनी पड़ी इस अभागिन को? कुकृत्यों की सजा मौत बनकर आई। जिस मौत से हम इतना घबराते हैं, संजय! उसका इसने कितनी सरलता से वरण कर लिया? कितना अपमान, कितनी पीड़ा सही होगी इस लड़की ने? पर यह अकेले तो इसकी भागीदार थी नहीं। कौन है इसका कातिल, कौन? जिसने इस उम्र में··· ।'' डॉक्टर का गला भर आया··· ''खाने-खेलने की उम्र में··· । उस पाश्विक को भगवान् भी नहीं छोड़ेगा।''

संजय मौन रहकर डॉक्टर की बात सुनता रहा। फिर धीरे-से बोला, ''छोड़िए, सर! ये सब तो रोज के किस्से हैं। होगी कोई बदचलन, आवारा लड़की; भुगत गई अपनी करतूत। ये सब छोटी जात के किस्से हैं। वहाँ यह सब देखने में आता है। फँसा रही होगी किसी अच्छे घर के लड़के को, और जब बात यहाँ तक आ गई तो···, छोड़िए भी, साहब। आज वैसे भी आपके लिए बेहद खुशी का दिन है। आप जाइए, मैं सब सँभाल लूँगा। भाभीजी इंतजार कर रही होंगी।''

पर डॉक्टर का हृदय ये मानने को तैयार ही न था कि सारी गलती इस लड़की की थी। यह सही है कि यह भी दोषी थी और दोष की सजा तो यह प्रत्यक्ष भोग गई, पर दूसरा, जिसने गलती की है वह···वह तो खुला, स्वतंत्र घूम रहा होगा।

कक्ष के बाहर से एक सिसकी की आवाज सुनाई दी और पूरे प्रकरण पर जो सन्नाटा पड़ गया था, वह एक हल्की सी-चीख से कौंध गया। पूरे माहौल में जो शांति थी, वह थोड़ी-थोड़ी भंग हुई।

''जाओ, इसकी माँ को अंदर ले आओ। कम-से-कम थोड़ा तो सच्चाई का पता चले।''

''उससे क्या होगा, साहब? अगर सच्चाई पता भी चल जाएगी तो

भी लड़के को गिरफ्तार करना है या नहीं, यह तो पुलिस का दायित्व है। हम कर ही क्या सकते हैं? यही लिख सकते हैं न कि लड़की ने जहर खाकर जान दे दी, पर क्यों?''

''क्यों?'' डॉक्टर साहब भी इस प्रश्न में उलझ गए। अभी भी उस लड़की का पेट वैसे-का-वैसे ही खुला हुआ था और बच्चा बाहर था। डॉक्टर ने उसके नंगे बदन को चादर से ढक दिया। वह मिट्टी का ढेर अब कोई उत्तेजना नहीं पैदा कर रहा था। इसके विपरीत, वह एक दु:खों का कंकाल लग रहा था और किसी के दु:ख को कुरेदना कहाँ तक इंसाफ था?

संजय ही बोला, ''फायदा क्या होगा?''

''फायदा-नुकसान मैं नहीं जानता, पर सच्चाई सामने आएगी और कभी-कभी सच्चाई का पर्दाफाश हो जाना ही आत्मा को शांति देता है।''

''पर उस सच्चाई से क्या फायदा, जिससे मरनेवाले को कोई न्याय न मिले?'' संजय ने अफसोस जाहिर करते हुए कंधे उचकाए।

डॉक्टर काफी देर तक सोचता रहा पर उसको कुछ न सूझा। अंत में झल्लाकर बोला, ''अच्छा, तुम उसकी माँ को अंदर तो ले आओ।''

संजय रोती-सुबकती उसकी माँ को अंदर ले आया और कुर्सी पर बैठा दिया।

काफी देर तक वह बदहवास-सी रोती रही। डॉक्टर की समझ में नहीं आया कि बात आखिर कहाँ से शुरू की जाए?

''डॉक्टर, मेरी बेटी···।'' और वह फूट-फूटकर रोने लगी।

उस सुंदर-सी लड़की का नाम मधु था। मधु मतलब मिठास और वह मिठास की प्रतिमूर्ति थी। हँसती-खिलखिलाती गुड़िया-सी लड़की इस परिवार की जान थी। उसका पैदा होना इस परिवार के लिए अभिमान की बात थी। मधु की माँ तो बेटी का रूप देख फूली न समाती थी।

''नाजों में पाला था बिटिया को। यही विश्वास था कि जिस घर जाएगी, राज करेगी।''

पर तब क्या पता था, यही रूप पतन के गर्त में ले जाएगा?

मधु के पिता एक प्राइवेट फर्म में किरानी थे और मामूली-सी आय थी। लड़की को उच्च शिक्षा देकर अपने पैरों पर खड़ा करना उनका उद्देश्य न था। उद्देश्य था—जल्दी-से-जल्दी हाथ पीले करके सुख से बेटी को दूसरे घर भेजना।

मधु सोफे पर बैठी सिसक रही थी। परम अनहोनी उसके जीवन में घटित हो चुकी थी। माँ तो पहले बेटी को पीटती रही और मन की भड़ास निकालती रही। जब उससे भी मन नहीं भरा तो कमरे के अंदर से बड़ा सा सोटा लाकर उससे पीटने लगी।

''बेटी को मार डालोगी क्या?'' मधु के पिता बोले।

''हाँ···।'' आवाज हल्क से सरक गई। ''इसका मर जाना ही बेहतर है। इसने कर्म ही ऐसे किए हैं।'' और मधु के बाप ने जो कुछ सुना, उससे सिर तो शर्म से नीचे हुआ ही, साथ ही पैरों तले की जमीन भी खिसक गई।

''बता, किसका पाप तेरे पेट में पल रहा है··· ?''

और पंद्रह-सोलह साल की अबोध मधु कुम्हलाई-सी एक कोने में शर्म का गट्ठर बनी सुबक रही थी।

मधु निगाह नीचे किए हुए जमीन पर बैठी थी। उसके विषय में वाद-विवाद चल रहा था। सुधीर की माँ और भाई आरोप-प्रत्यारोप का दौर चला रहे थे। सुधीर की माँ के ऊपर कोई भी शस्त्र काम नहीं कर रहा था।

''मैं कैसे मान लूँ, यह बच्चा सुधीर का है? अरे, मधु के कह देने मात्र से क्या यह सच्चाई सिद्ध हो जाती है?'' सुधीर की माँ ताल ठोंककर बोली।

तभी सुधीर की पड़ोस की मौसी बाहर निकल आई।

"पहले अपनी लड़की का चरित्र ठीक करवाइए। पता नहीं, सुबह से शाम तक लड़कों का आना-जाना घर में लगा रहता था? यह कैसे मान लें कि सुधीर ही दोषी है?"

मधु की आँखों से अश्रु की धारा अविरल बही जा रही थी। वह मन-ही-मन इष्ट को याद कर रही थी और साथ-ही-साथ सुधीर को भी। मन-ही-मन बुदबुदाई, "सुधीर, एक बार आकर हाथ थाम लो। एक बार, बस एक बार।"

लोगों का मजमा इकट्ठा होने लगा था। नए अनजान चेहरे। सबके चेहरों पर कौतूहल, सबके चेहरों पर व्यंग्य भरी मुसकराहट। ऐसा प्रतीत होता था मानो पूरा मुहल्ला ही यहाँ आ-आकर रुक जाएगा। शायद राहगीर भी तमाशबीन बन रुक रहे थे, पर नहीं रुक रहा था तो मात्र काल। वह अपनी गति से आगे बढ़ रहा था और उसी गति से मधु के आँसू बहे चले जा रहे थे, निर्बाध गति से।

तभी मुहल्ले का एक परिचित वकील आ गया। और तमतमाकर बोला, "अरे, जिस घर में दसियों प्रकार के लोग आते हों, वहाँ कैसे उँगली उठा दी कि अनीता के लड़के का ही दोष है? अरे, लड़की ही बदचलन थी।"

मधु का सिर शर्म से नीचे झुकता जा रहा था। उसको ऐसा प्रतीत हो रहा था जैसे कि हर आँख उसे खा जाना चाह रही हो। वह लोगों के बीच निर्वस्त्र-सी बैठी हो। उसने अपने आँचल को कसकर अपने चारों ओर खींच लिया। फिर भी उसको हर जगह खालीपन लगा। उसको सबकुछ सुनाई पड़ना बंद हो गया था। आँखों के आगे अँधेरा छा रहा था। रह-रहकर वह थर्रा जाती, "क्यों, मेरी ही जिंदगी में ऐसा क्यों?"

सुधीर की माँ ने सबके बीच ऐलान कर दिया, "जब तक डी.एन.ए. टेस्टिंग नहीं होगी, तब तक मैं इसको स्वीकार नहीं करूँगी।" और उसके

इस प्रस्ताव को जैसे सब लोगों ने सर्वसम्मति से पारित कर दिया और उसकी जिंदगी, जो हाशिए के ऊपर चढ़ा दी गई थी, सीधे नीचे गिर गई।

मधु की माँ ने एक अंतिम शस्त्र फेंका।

''मेरी बेटी का भविष्य अब आपके हाथ में है।'' उसने रोते हुए आँचल सुधीर की माँ के चरणों में डाल दिया। ''मेरी इज्जत बचा लो। मैं इसे लेकर कहाँ जाऊँगी? किसको मुँह दिखाऊँगी? बचा लो…।''

सुधीर की माँ थोड़ा पीछे खिसकते हुए बोली, ''हाँ-हाँ, अब हमसे कहने आई हो, इज्जत बचा लो। अरे, उस वक्त तुम्हारी इज्जत कहाँ थी जब बेटी गुनाह कर रही थी? अरे, जब खुद सँभालकर नहीं रखा जाता तो दोषारोपण अब समाज पर करने को चली आई है। बेटी की माँ थी, इसका भी ख्याल नहीं किया? हूँ, बड़ी आई हमें सीख देनेवाली, इज्जत की गुहार लगानेवाली। जा-जा, जब पूरे तरीके से हम पुख्ता हो जाएँगे कि बच्चा हमारा है, तभी तू आना…।''

मधु गश खाकर गिर चुकी थी। सुधीर की माँ ने दो लोगों को बुलाकर बोला, ''उठाकर लड़की को बाहर लिटा दो, नाटक करती है।''

मधु की माँ ने कुछ बोलना चाहा, पर अपमान ने होंठ सी दिए। वह निगाह नीचे करके बाहर आ गई।

मधु को होश तो तब आया, जब उसके पिता ने भी दरवाजा बंद कर लिया।

''बोल दो इस लड़की से कि यह हमारे लिए मर गई है। यह जाए जहाँ भी जाना चाहती है, पर हमारे घर में इसके लिए कोई जगह नहीं।''

और मधु को भी कोई जगह समझ में न आई। उसने बगल की किराने की दुकान से जहर की पुड़िया लेकर खा ली और मृत्यु के आश्रय में पनाह ली। उस पतिता के लिए कहीं भी जगह न थी।

मधु की माँ लगातार रोए जा रही थी।

''मेरी बेटी…! हाय, गलती मेरी थी। मैं ही तुम्हें सँभालकर नहीं

रख पाई और तू हम सबको छोड़कर चली गई। असली गुनहगार तो मैं हूँ और मेरी परवरिश। तू तो नादान थी, पर मैं तो समझदार थी। मैं क्यों नहीं तुम्हारा ख्याल रख पाई? मेरी बेटी।''

डॉक्टर भी उन आँसुओं से द्रवित हो गया था। उसे एकबारगी ऐसा प्रतीत हुआ जैसे उसकी सुमन या पड़ोस की मंजू सामने पड़ी चीख रही हों।

''किसकी गलती हूँ मैं? गलती भी मेरी, गुनाह भी मेरा और दंड भी मुझे ही।''

''नहीं।'' डॉक्टर ने सिर झटका और मन-ही-मन बुदबुदाया, ''नहीं, गलती तुम्हारी जरूर है, पर गुनाह तुमसे अकेले नहीं हुआ। और जो कोई भी पाप का भागी है, उसको पहचानना होगा और उसे भी सजा मिलनी चाहिए। सिर्फ स्त्री को पतिता करार देना ही पाप है। पापी तो समाज है, जो पुरुषों को अन्याय करने की छूट देता है। अन्याय के बाद स्वतंत्रता भी और उससे भी बड़ा समाज में सम्मान और इज्जत।''

वह उस लाश के पास आगे बढ़ा। वह सहसा लाश नहीं थी। उसे ऐसा प्रतीत हुआ मानो मधु सहसा जीवित हो गई है। हाँ, लाश रूपी मधु शायद हौले-से मुसकराई। अब वह मात्र एक अनुत्तरित प्रश्न न थी, उसके पेट में बच्चा एक जवाब बनकर मौजूद था।

डॉक्टर ने आगे बढ़कर उस बच्चे के कुछ अंश निकाले और डी.एन.ए. टेस्टिंग के लिए भेज दिए।

''जो सम्मान मधु को जीते जी होकर न मिला, उस पर कम-से-कम मृत्यु के बाद तो उसका अधिकार है। जो उसका दोषी है और शायद कातिल भी··· हाँ, कातिल भी। अगर वह इसको स्वीकार कर लेता तो बात यहाँ तक न पहुँचती। एक स्त्री को अकेले जान देनी पड़ी और वह खुला समाज में घूम रहा है। कितनी शर्मनाक बात है?''

डॉक्टर ने रिपोर्ट को भेजने से पहले उस पर कड़े आदेश लिखकर

हस्ताक्षर कर दिए। पता नहीं क्यों, हस्ताक्षर करते हुए उनकी आत्मा के ऊपर से जैसे एक बोझ उतर गया।

"लड़की को न्याय मिलेगा। मैं उसे जीवित तो नहीं कर सकता, पर सम्मानित मृत्यु अवश्य मुअस्सर करा सकता हूँ। जाओ, माँ! तेरी लड़की अकेले पतिता नहीं है।"

और मधु के चेहरे पर जैसे तेज लौट आया।

डॉक्टर जब घर पहुँचा तो पार्टी की तैयारियाँ जोरों पर थीं। बच्चे और बच्चियाँ तेज संगीत पर नाच रहे थे। सुमन कोने में खड़ी मोबाइल से अपने किसी हमउम्र दोस्त के साथ बात कर रही थी। बीच-बीच में हँसी का स्वर भी कानों में पड़ रहा था।

डॉक्टर को थोड़ा अटपटा लगा। अब तक नहीं लगता था, पर आज लग रहा था।

"हाय अंकल!" नीरज था, सुमन का दोस्त।

"सुमन कहाँ है?"

"उधर देखो, अंदर है।"

"जी।"

और डॉक्टर ने नीरज और सुमन को मिलते हुए देखा। नहीं, दोनों की दोस्ती में कोई हर्ज नहीं है। फिर डॉक्टर को क्या खटक रहा था? डॉक्टर को सुमन के ऊपर पूरा भरोसा था।

"हाँ, भरोसा ही था। फिर... ?"

सहसा डॉक्टर को मृत पड़ी मधु का ख्याल आ गया।

"भरोसा तो उसकी माँ को भी था, पर गलती तो किसी से भी हो सकती है। फिर क्या हम दोषी नहीं?"

"मधु को भी आज के दिन ही मरना था?"

"मिताली!" डॉक्टर ने अपनी पत्नी को जोर से आवाज दी। वह सुंदर-सी साड़ी में सजी-धजी बाहर आई।

"आप आ गए? चलिए, फटाफट कपड़े बदल लीजिए। तब तक मैं केक काटने की तैयारी करती हूँ।"

"हूँ," फिर डॉक्टर थोड़ा ऊँची आवाज में बोला, "मिताली! सुमन अब बड़ी हो रही है। उसका थोड़ा ध्यान रखा करो। सबसे खुलेआम मिलती है।"

"ओफ्फ!" मिताली बड़बड़ाई, "आप भी बस हद ही करते हैं। कितनी दकियानूसी बातें आप करने लगे हैं? अरे, जमाना कहाँ-से-कहाँ पहुँच गया, औरतें भी अब चाँद पर जाने लगी हैं और आप बेटी पर अंकुश लगाने की बात कर रहे हैं? क्या घटिया सोच है?"

डॉक्टर सिहर उठा। शायद उसका ही सोच घटिया था, पर बदलते वक्त के साथ जमाने को भी बदलना होगा! स्त्री की स्वतंत्रता के लिए पुरुषों के व्यवहार को भी समाज की कसौटी पर परखना होगा। उनको उनके गुनाह का उत्तरदायित्व अपने ऊपर लेना होगा। वक्त आएगा··· जरूर आएगा।

□

स्पर्श

नीरू की झुँझलाहट बढ़ती जा रही थी। काम की अधिकता उसको विवश कर रही थी और वह चाहकर भी मीटिंग को छोड़ नहीं पा रही थी, पर उसका ध्यान हर पल घड़ी पर लगा हुआ था और घड़ी की हर पल बढ़ती हुई सूई उसकी धड़कनों को बढ़ा रही थी। घर में पाँच साल का बेटा बीमार था और वह उसे बाई के भरोसे छोड़कर आई थी।

''सर! अब मैं चलूँ?'' उसने एक-दो बार हल्के-से जिक्र किया, पर सर अपने डाटा और आँकड़ों में व्यस्त थे। परसों यह फाइल लेकर उनको हर हाल में दिल्ली जाना था। अत: वे उससे अधिक कुछ सोच नहीं पा रहे थे।

जब एक-दो बार कहने पर भी बॉस पर कुछ असर न हुआ तो उसने अपने कमरे में आकर घर फोन लगाया।

''राधा, कैसी तबीयत है बाबू की?'' स्वर में चिंता स्पष्ट थी।

''मेम साहब, ठीक नहीं है। बुखार शाम से थोड़ा बढ़ गया है और आपके लिए बेचैन हो रहा है।''

''अच्छा...'' नीरू की आँखों से आँसू ढलक आए। ''बस, मैं आ रही हूँ। तब तक तुम ऐसा करो कि जो पीली वाली शीशी मैं मेज पर निकालकर रख आई थी, उसकी एक खुराक छोटे चम्मच से बाबू को दे दो। मुझे पहुँचते-पहुँचते भी आधा घंटा लग जाएगा। तब तक

तुम माथे पर पानी की पट्टी रखो। बस, मैं जल्दी आई।'' और फोन को धीरे-से पटक वह अपने कागजात समेटने लगी। ''बच्चे से ऊपर कुछ थोड़े ही है ? अरे, काम तो होता रहेगा। काम के लिए घर-बार को तिलांजलि नहीं दी जा सकती।'' बड़बड़ाते हुए सारा सामान समेटकर उसने गाड़ी में भिजवा दिया और साहब के रूम में जाकर दोबारा दस्तक दी।

''हाँ नीरू, बोलो क्या हुआ ?'' इस समय साहब थोड़े आराम के मूड में लग रहे थे। आँकड़ोंवाली फाइल भी सामने नहीं थी। शायद कंप्यूटर रूम में भिजवाई होगी, कंप्यूटर प्रिंट निकलवाने के लिए।

''सर!'' साहब का मूड भाँपते हुए बोली, ''मेरे बेटे की तबीयत ठीक नहीं है। सर! काफी तेज बुखार है। मैं…'' थोड़ी देर मौन रहकर वह समा बाँधती रही। ''सर, मुझे थोड़ा जल्दी जाना होगा।''

नीरू यह कह तो गई, पर मन-ही-मन डर रही थी। ये वाले साहब नए आए थे और स्वभाव से भी काफी कड़े थे। शायद पत्नी से पटती नहीं थी, क्योंकि ज्यादातर अपना वक्त ऑफिस में ही बिताते थे। जब देखो, तब पूरे स्टाफ के हर काम में नुक्ता-चीनी निकालकर किसी-न-किसी को डाँटते या परेशान करते रहते थे। पूरा ऑफिस ही त्रस्त था उनके स्वभाव से, पर इस दमघोंटू वातावरण को झेलना सबकी विवशता थी।

नीरू के कान एक अच्छा-सा भाषण सुनने के लिये तैयार हो रहे थे। अभी साहब कहेंगे, ''यही दिक्कत है महिला कर्मचारी में। जब देखो, तब घर को ऑफिस में उठा लाती हैं। महिलाएँ हैं भाई, महिलाएँ। पहली-पहली बार घर से काम करने निकली हैं। ऑफिस में रुतबा भी चाहिए और नरमदिली भी। बस, दो-चार टेसुए टपका देंगी और पूरा ऑफिस दीवाना। मैडम, जाइए। आपका काम हम समेट देते हैं। अरे, इतनी ही घर की चिंता थी तो फिर घर से बाहर क्यों

निकलीं ? घर में ही रहतीं और बाल-बच्चों की परवरिश करतीं।''

सही बात है। नीरू को काम करने की क्या जरूरत थी ? पति से इतनी दूर पड़े रहने की उसकी कोई ख्वाहिश न थी। पति अच्छी सरकारी नौकरी में थे और बेहद सहृदय थे। उसकी हर जरूरत का ख्याल रखते थे। एक प्यारा छोटा बेटा है। हँसता-खेलता परिवार।

पर नीरू को तो अपनी शिक्षा का पूरा-पूरा मूल्य चाहिए था। इसमें गलती भी क्या थी ? इतना पढ़ने-लिखने के बाद अगर उसको घर में ही बैठना था तो खाक इतनी पढ़ाई-लिखाई की ? अरे, कितना अच्छा होता अगर वह अन्य लड़कियों की तरह से मौज-मस्ती में जिंदगी काटती ? ख्वामखाह वक्त बरबाद किया और एक दिन उसने निर्णय ले लिया कि नहीं, अब और वक्त वह बरबाद नहीं करेगी। और उसने इस कंपनी में एप्लाई कर दिया। संयोग से उसको चयनित भी कर लिया गया, पर नौकरी के लिए दूसरे शहर में चयनित किया गया।

उसने उसी समय नौकरी पर जाने के लिए इनकार कर दिया था। ऐसी नौकरी भी क्या करनी, जिसमें घर-परिवार सब छूट जाए और अकेले दूसरे शहर में नौकरी करनी पड़े, पर उस समय उसके पति ने ही हिम्मत बँधाई थी।

''तुम कुछ दिन करके देखो तो सही, सब ठीक हो जाएगा। मैं बीच-बीच में आता भी रहूँगा और यथाशीघ्र अपना तबादला भी इसी शहर में करा लूँगा। समय बदलते देर नहीं लगती। जीवन तो चक्र का खेल है और जीवन परिवर्तनशील है। मनुष्य अगर हालात के साथ नहीं बदलेगा तो ठहर जाएगा और ठहरा हुआ मनुष्य मृतप्राय होता है। जो चीज आज इतनी क्लिष्ट प्रतीत हो रही है, वही गुजरते वक्त के साथ सहज हो जाती है। कल जब बच्चे बड़े हो जाएँगे और मैं व्यस्त, तब तुम अंधकार की एक गहरी खोह में चली जाओगी। उस वक्त और

उससे उपजे अकेलेपन से मुझे डर लगता है। जाओ, जिंदगी तुम्हारा स्वागत कर रही है। मैं तुम्हारे साथ हूँ।''

और पति की हिम्मत उसकी शक्ति बन गई। जैसे हर सफल पति के पीछे किसी स्त्री का हाथ होता है, वैसे ही हर सफल नारी के पीछे भी कोई-न-कोई पुरुष होता है। और नीरू की नौकरी की सफलता का रहस्य उसके पति हो गए।

नीरू को कभी भी ध्यान नहीं कि उसके पति राकेश ने उसके काम में कोई रुकावट डाली हो। और नीरू ने साल भर के अंदर ही ऑफिस में प्रमोशन पा लिया था।

पर उसका बॉस मिस्टर कक्कड़ एक बेहद ही खड़ूस आदमी था। स्वभाव से झक्की और हर चीज में नुक्स निकालनेवाला। क्रोध तो जैसे उसकी नाक पर रखा रहता था। कोई गलती हुई नहीं कि उसने बिना आगा-पीछा सोचे सामनेवाले की बखिया उधेड़ दी। हर आदमी उसके सामने जाने से डरता था।

आज नीरू भी डर रही थी, पर उसने सोच लिया था कि अगर सर मना करते हैं तो वह इस्तीफा दे देगी। इस्तीफा तैयार करके वह अपने पर्स में रखकर लाई थी।

साहब उस समय फाइल पढ़ने में तल्लीन थे, पर उसकी बात सुनकर सिर उठाकर बोले, ''कितने साल का बेटा है?''

''जी, पाँच साल का।''

''अरे, कब से बुखार है?'' फिर बिना उत्तर जाने ही बोले, ''तुमको आज ऑफिस से छुट्टी ले लेनी चाहिए थी। ऐसे में ऑफिस आने का क्या शौक? ऐसे समय बच्चे को तुम्हारी सख्त जरूरत है, जाओ।''

नीरू काफी देर तक उनका चेहरा देखती रही। यह तो कोई और ही आदमी था, जो सामने बैठा था। एक मानवीय कमजोरियों

और भावनाओं से पूर्ण व्यक्ति, जिसकी आँखों में आज कठोरता की जगह नरमी थी और व्यवहार में शिष्टता। उसे पता ही नहीं चला, वह कितनी देर उनको देखती रही? उसकी तंद्रा तभी भंग हुई, जब सर ने टोका।

"क्यों, क्या हुआ?"

"कुछ नहीं, बस यूँ ही।" अभी वह बात खत्म करके 'थैंक यू' कहने ही वाली थी कि सर ने टोका, "बेटे! क्यों, यही सोच रही हो न कि आज सर नाराज क्यों नहीं हुए?" अपने मनोभावों के पढ़ लिए जाने से नीरू शर्म से लाल हो गई, पर सर के ऊपर जैसे कुछ फर्क ही न पड़ा। वे अपनी ही रौ में बोलते चले गए।

"मैं भी कभी बेहद नरमदिल इनसान था, पर था बेहद महत्त्वाकांक्षी। दिन-रात मेहनत करके आगे बढ़ना चाहता था। बचपन अभावों में बीता था। ऐसे भी दिन थे, जब पिता से एक साइकिल के लिए रोता था। सोचता था कि जब खुद बड़ा होऊँगा तो अपने बच्चों के ऊपर कोई तकलीफ नहीं आने दूँगा। उनकी हर ख्वाहिश पूरी करूँगा। और करता भी गया, पर ये भूल गया कि जीवन सिर्फ पाने का नाम नहीं है। इसमें काफी कुछ खोना भी पड़ता है। अक्ल तब आई, जब अपना इकलौता बेटा खो दिया। वह हमेशा-हमेशा के लिए मौत की नींद सो गया। हम सबको बेसहारा छोड़ गया। अब इतनी दूर चला गया कि हम चाहकर भी उसे नहीं पकड़ सके।"

उनकी आँखें कहीं दूर वीराने में अपने नन्हे को खोज रही थीं। शायद छोटा-सा नन्हे कहीं दूर खड़ा उनको पुकार रहा था, "पापा! आ जाओ, पापा।"

बॉस अपनी ही रौ में बढ़ते जा रहे थे, "हाँ, मैं आया बेटा! तुम वहीं रहो। तुमको कुछ नहीं होगा।" और वे कुर्सी से थोड़ा खिसके जैसे उसे पकड़ लेना चाहते हों, पर खाली हाथ का स्पर्श उन्हें चौंका गया।

नीरू की हिम्मत न उनको सांत्वना देने की हो रही थी, न कुछ पूछने की। जब इनसान के अंदर का दर्द आवाज बनकर बाहर फूटता है तो कंपन पैदा कर देता है। और वह बॉस, जो सबको डराता था, आज खुद ही एक भीरु बना हुआ इनसान था जिसके अंदर तक भय समाया हुआ था।

उधर, नीरू बेचैन हो रही थी। उसको अपने बेटे की रह-रहकर चिंता सता रही थी। घर पहुँचने में भी दस मिनट लगेंगे।

वह सर को धीरे-से बोलकर कि वह निकल रही है, बाहर आ गई और हौले-से दरवाजा बंद कर दिया। कुछ दरवाजे बंद ही रहें तो पीड़ा कम देते हैं, पर जैसे बॉस के तो स्मृति का दरवाजा खुल गया था। वह अपने में ही बुदबुदाए जा रहे थे।

''अगर सोचा होता कि नन्हे नहीं बचेगा तो और भी संतानें पैदा करते। क्यों एक करते? अरे, यही सोचते थे कि एक बेटा है। खूब लाड़-प्यार से पालेंगे, बड़ा करेंगे। इसीलिए छोटी उम्र में बोर्डिंग में पढ़ने के लिए भेज दिया, पर क्या पता था कि ऐसा होगा? एक दिन हॉस्टल से फोन आया कि तेज बुखार है, तुरंत आइए। जब तक पहुँचे, सब खत्म...। अब बचा ही क्या है जिंदगी में? किसके लिए जी रहे, पता नहीं। क्या कर रहे हैं, पता नहीं। जीवन है, मर तो सकते नहीं। जीना ही पड़ेगा। जिएँगे।'' धीरे-धीरे उनकी आँखों से अश्रु की धारा बह निकली।

उधर नीरू खट्-खट् करके सीढ़ियाँ उतरते जा रही थी। तुरंत टैक्सी पकड़ घर के लिए रवाना हो गई। पूरे रास्ते खटका लगा रहा।

''हे ईश्वर सब ठीक रखना। बिट्टू को कुछ नहीं हो। अपनी शरण में रखना।''

हल्की ठंड के बावजूद पूरे रास्ते माथे पर पीसने की हल्की-हल्की बूँदें उभर रही थीं। जैसे ही टैक्सी घर के बाहर रुकी, वह

हड़बड़ाकर उससे बाहर निकली। पैसे पहले से ही निकालकर रख लिये थे।

घर के अंदर सब शांत था। बाहर से ही उसने चिल्लाकर आवाज दी, ''शांता! शांता, कहाँ हो? कैसा है बिट्टू?''

शांता भागती हुई बाहर आई और उसके हाथ से सारा सामान ले लिया। ''सब ठीक है, मालकिन। तेज बुखार हो गया था। बदन ऐंठने लगा था, पर माथे पर ठंडे पानी की पट्टी रखने से सब ठीक हो गया। अभी ठीक है, पर सो रहा है।''

नीरू आगे-आगे भागी जा रही थी और शांता पूरा वाकया बताते-बताते पीछे-पीछे आ रही थी।

कमरे में सामने बिट्टू सो रहा था। आगे बढ़कर नीरू ने धीरे-से उसका माथा और हाथ छूकर देखा। ''बुखार नहीं है। थोड़ा आराम है। चलो, सब ठीक है।'' वह थोड़ी देर उसके पास बैठी रही और धीरे-धीरे उसके बालों में हाथ फेरती रही। बिट्टू बिना हलचल किए सोता रहा। वह कितनी देर उसके पास बैठी रही, उसको इसका भान न हुआ। शांता उसके पास चाय का कप रख गई।

यह सोचकर वह उठने को हुई कि अब थोड़ा फ्रेश होकर आकर बैठती हूँ। वह हौले-से उठी और मुड़ी ही थी कि बिट्टू ने उसका हाथ पकड़ लिया, ''माँ, बैठो न। अच्छा लग रहा था।'' बेटे की आवाज सुन थोड़ी-सी राहत मिली।

''कहाँ थीं, मम्मी?''

''ऑफिस में, बेटा।'' बेटा काफी देर तक कुछ नहीं बोला।

नीरू के अंदर कहीं गहरे तक शूल चुभता गया। कितनी निर्दय माँ है कि बेटे पर ऐसा अत्याचार कर रही है? तेज बुखार में छोड़ ऑफिस चली गई। नहीं, वह अब ऐसी हालत में उसे छोड़कर नहीं जाएगी। वह छुट्टी ले लेगी जब तक बिट्टू पूरी तरह से ठीक नहीं हो जाता। नीरू का मन हुआ कि बिट्टू अच्छे-से उससे पूछे कि माँ,

आप कहाँ थीं, पर बिट्टू ने ऐसा कुछ नहीं किया। वह सिर्फ सूनी आँखों से माँ को देखता रहा।

नीरू को प्यार आ गया। वह बेटे को सीने से लगाकर बोली,

''क्यों बिट्टू ? तुम्हें माँ की याद नहीं आई ?''

बिट्टू काफी देर माँ के सीने से चिपका रहा और उनकी साँसों में गरमाहट महसूस करता रहा। फिर धीरे-से बोला, ''मैं तो रोया ही नहीं।'' और अपनी माँ को कसकर पकड़कर सिसकियाँ लेकर रोने लगा।

□

अतृप्त

नीरज रह–रहकर निधि के ऊपर झुँझला रहा था। झुँझलाता भी क्यों न? वे लोग गोवा घूमने आए थे या बच्चा सँभालने? अरे, इतने दिनों के बाद छुट्टी मिली थी और वह भी नाहक ही गारत जा रही थी। अब तो हद हो गई। निधि सुबह से ही झुमकी के पीछे–पीछे घूम रही थी और झुमकी थी कि हाथ ही नहीं धरने दे रही थी। क्रोध में आकर निधि ने झुमकी को कसकर पीट ही दिया और झुमकी मुँह फुलाकर पलंग पर पसरकर रोने लगी। नीरज को भी क्रोध आ गया।

''बस, बहुत तमाशा देख लिया। सुबह से झुमकी के पीछे लगी हो और वह भी तुमसे सँभलती ही नहीं? अरे, मैंने पहली माँ देखी है, जिससे अपना ही बच्चा नहीं सँभलता। उसकी ही देखभाल करनी थी तो घर बैठतीं। इतना खर्चा करके आने की क्या तुक थी? एक तो इतनी मेहनत से इंतजाम करो कि बेगम साहिबा को खुश किया जाए, उनके साथ थोड़ा–सा वक्त बिताया जाए और एक ये हैं कि अपनी बिटिया के ही आगे–पीछे घूम रही हैं। जब बिटिया से फुरसत मिले तो याद कर लीजिएगा।'' और नीरज मुँह फुलाकर बाहर चला गया।

निधि खुद हैरान परेशान थी कि झुमकी को आखिर हो क्या गया है? इतना चुस्त रहनेवाली लड़की कैसे बिल्कुल सुस्त और बदमिजाज हो गई है। एकबारगी तो उसका मन किया कि नीरज को बोले कि क्या झुमकी उसकी बेटी नहीं है? क्या उसको नहीं दिखाई दे रहा कि दो दिन

से वह कितनी बेचैन है ? अरे, गोवा आए उसको पूरे दो दिन हो गए हैं उसने बड़ी मुश्किल से मुँह में एक ग्रास खाना खाया है। वह माँ है और कैसे अपनी पुत्री को इस प्रकार हैरान, परेशान देख सकती है। वह स्वयं यह सोचकर चिंतित थी कि बच्चा कैसा सुस्त हो गया है ?

पर ऐसे में नीरज से बात करना बेकार था। नीरज भी अपनी जगह सही था। नीरज गया में शिक्षा विभाग में कार्यरत था। निधि एक स्कूल में शिक्षिका थी और दोनों की यह प्यारी-सी बच्ची थी झुमकी—उम्र यही कोई पाँच साल रही होगी। चुस्त और बेहद चंचल। स्कूल में सबसे चुलबुली व शरारती लड़की। टीचर की चहेती। कभी भी परवरिश के दौरान निधि को झुमकी के कारण कोई तकलीफ नहीं हुई। खाने-पीने में भी उसने कभी परेशान नहीं किया। इस लड़की को अचानक यह क्या हो गया, यह निधि को भी व्यथित कर रहा था।

झुमकी उनकी अकेली लड़की थी और अकेली ही रहेगी, कुछ ऐसा ही निर्णय दोनों ने लिया था। महँगाई का जमाना और ऊपर से परवरिश में इतना खर्चा। दो की कमाई ही पूरी नहीं पड़ती थी। कभी-कभी तो निधि को लगता कि नाहक ही उसने इतनी परेशानी अपने कंधों पर ले ली। उसका पति अच्छी-खासी सरकारी नौकरी में था और अच्छी आमदनी भी थी। फिर क्या जरूरत थी घर से निकलकर काम करने की ? वह जितना ही इस विषय में सोचती, उतनी ही उसकी उलझन बढ़ती जाती। 'नौकरी करे, न करे' के ऊहापोह में अक्सर फँस चुकी है। वह जितना ही इस भँवर में फँसती, उतना ही उसको उबरना कठिन प्रतीत होता, पर जब उबरकर बाहर आती तो निष्कर्ष पर पहुँचती कि नहीं, वह यह नौकरी किसी भी कीमत पर नहीं छोड़ सकती। नौकरी उसका वजूद थी। यही उसका संघर्ष था और यही उसकी जीत। उसका दारोमदार काफी हद तक उसकी नौकरी पर केंद्रित था। नौकरी उसकी जीविकोपार्जन का साधन न सही, उस पैसे की निजी जीवन में कोई

जरूरत न सही, पर उसके अपने व्यक्तित्व और उससे जुड़े अस्तित्व के लिए नौकरी की उपयोगिता थी। नौकरी छोड़ने का ख्याल कभी अगर स्वप्न में भी आया तो उसके अहं ने उसको रोक दिया और निधि अपने स्थान पर बनी रही।

निधि अपने जीवन में इतनी व्यस्त हो गई कि झुमकी उसकी जरूरत न बनकर मातृत्व का एक एहसास मात्र होकर रह गई और झुमकी ने भी जैसे इस जीवन से सामंजस्य-सा स्थापित कर लिया था। माँ का आना और जाना उसके जीवन में कोई विशेष फर्क नहीं ला पाता था। निधि का अपना एक संसार था और झुमकी का अपना।

घर के आस-पास रहनेवाले स्टाफ के बच्चों के संग उसका जीवन बड़े मजे में कट रहा था। नीरज को सरकारी क्वार्टर मिला हुआ था और उसके इर्द-गिर्द सरकारी कर्मचारी रहते थे। उन्हीं के बच्चे दिन भर नीरज के घर में खेलते रहते और झुमकी का भी उनके संग अच्छा मन लगता था। उसके हमउम्र, उसके साथी।

वह अपने घर के बाहर लॉन में पकड़ा-पकड़ी का खेल खेलती, कभी गिट्टी-कंचे, और नहीं तो अपने खिलौनों के कमरे में अपना संसार रचती। शायद इन खिलौनों के आस-पास ही वह रच-बस गई थी और उसका अभिन्न अंग बन गई थी—संगीता।

संगीता काम करनेवाली बाई थी और पास ही के स्टाफ क्वार्टर में रहती थी। उसका पति बाहर लॉन का माली था और संगीता का पूरा दिन जैसे इस घर में ही बीत जाता। झाड़ू-बुहारू, कपड़े धोना, इस्त्री करना और उससे भी बड़ा झुमकी संग रहना। स्कूल से आने के बाद झुमकी संगीता संग घूमती रहती।

''चलो उठो, झुमकी। बहुत हो गया यह ड्रामा। अब कितना वक्त ऐसे ही बिताओगी? अभी पापा आ जाएँगे तो फिर हल्ला मचाएँगे।''

निधि ने झुमकी को हिलाया पर वह रोते-रोते सो गई थी।

"ओह! अब एक अलग सिरदर्दी दे-दी, उसको लादे-लादे फिरो।" फिर निधि मन-ही-मन बड़बड़ाने लगी, "मैं तो इसीलिए नीरज को मना कर रही थी कि अभी घूमने नहीं चलेंगे। झुमकी थोड़ी-सी और बड़ी हो जाए तो निकलें, पर नहीं। जैसे इनके ऊपर घूमने का भूत सवार रहता है, चाहे किसी को कितना भी मानसिक या शारीरिक कष्ट हो।" और वह अपने आप से ही बड़बड़ाती हुई तैयार होने लगी। कपड़े धोकर बाहर सूखने के लिए बालकनी में डाल दिए थे और फटाफट तैयार हो गई। नीरज भी तब तक लौट आया था। मुँह अभी भी फूला हुआ था, पर निधि से बिना कुछ बोले वह भी तैयार होने लगा।

निधि और नीरज, दोनों मौन थे। दोनों ही दुःखी थे, पर कोई भी झुकने के लिए तैयार न था। नीरज बोला, "चलो, बाहर ही नाश्ता कर लेते हैं।" बहुत जोरों की भूख निधि को भी लगी थी, पर झुमकी का ख्याल करके उसको आत्मग्लानि हो रही थी। वह खाएगी और उसकी बच्ची भूखी, पर कोई विकल्प भी न था। किसी तरह यह पूरा हफ्ता काटना था। इतने दिन का ही ट्रिप था और निधि ने भी निर्णय लिया कि वह झुमकी को लेकर ज्यादा परेशान नहीं होगी।

अब कितना अपना जी जलाए वह बच्ची के पीछे? और उसने झुमकी की ओर से आँखें बंद कर लीं।

गोवा में कैसे इतना वक्त कट गया, इसका अंदाजा उसको लगा ही नहीं। बीच-बीच में झुमकी का ख्याल आकर अलबत्ता मन जरूर दुःखी कर जाता था पर खैर, उसका ज्यादा कुछ वश भी न चला। जैसे बस जरूरत भर का खाना वह मुँह में लेने की कोशिश करती।

"अरे, जब बच्ची को भूख लगेगी तो वह खाएगी।" और निधि वापसी के पूरे रास्ते यही सोचती रही, "क्या हो गया मेरी झुमकी को, उसने ऐसा क्यों किया?"

घर लौटने पर बंद ताले एकाएक अंदर फैले हुए कार्यों को उजागर

कर गए। ''बाप रे! ढेर मस्ती कर ली इतने दिन। अब बस काम ही काम, और कुछ नहीं।''

नीरज भी फटाफट तैयार होकर फाइल देखने में मशगूल हो गया। ऑफिस से सारी जरूरी फाइलें लाकर मेज पर रख दी गई थीं और वह उन्हीं में सिर खपा रहा था। सारे सहकर्मी भी आ गए थे और सबने अपना-अपना मोर्चा सँभाल लिया था। धीरे-धीरे घर वापस अपने रूप में आ रहा था।

''अरे पाठक! कहाँ है झुमकी?''

''पता नहीं, मेमसाहब! रुकिए, मैं देखता हूँ। शायद वह बच्चों के साथ बाहर खेल रही हो?''

''हाँ, देखो तो।'' और निधि निश्चिंत हो घर समेटने लगी।

उनका घर हर तरफ से सुरक्षित था। भय की कोई बात न थी। इसलिए निधि को भी झुमकी के लिए ज्यादा चिंता न थी। अरे, कहाँ जाएगी? बहुत होगा तो बाहर लॉन में बच्चों के साथ खेल रही होगी, सोचकर निधि निश्चिंत हो गई।

''अरे पाठक, पाठक!'' जोर से चिल्लाकर बोली, पर पाठक बाहर चला गया था। ''अरे! झुमकी को कुछ खिला देता। सुबह से भूखी है। अब ग्यारह बजने को आए। चलो, तैयार हो जाती हूँ तो देखती हूँ।

उधर नीरज ने भी कटाक्ष फेंका, ''हाँ, देख रहे हैं कि यहाँ आपको झुमकी का उतना ख्याल नहीं आ रहा है?''

निधि बोली तो कुछ नहीं, पर अंदर तक तिलमिला गई। सही बात है। यहाँ आते ही उसका ध्यान झुमकी पर से खिसककर घर की और गतिविधियों पर केंद्रित हो गया था। लाजिमी भी था, क्योंकि यहाँ झुमकी को देखने वाले अनेक लोग थे।

झुमकी इन सबसे बेखकर अपने नन्हे पैरों से नई दिशा में बढ़ती जा रही थी। अपने घर का पीछे का दरवाजा खोलकर स्टाफ क्वार्टर की

तरफ बढ़ गई, जैसे कि वह कुछ भी भूली न हो। वह अपने नन्हे कदमों से एक दरवाजे के सामने आकर रुक गई।

दरवाजा बंद था। झुमकी थोड़ी देर दरवाजे के बाहर खड़ी हो गई। फिर जोर से दरवाजा खट-खट करने लगी, ''खोलो, खोलो। मैं हूँ।'' फिर जैसे उसको लगा कि कोई पहचान नहीं पाया है तो बोली, ''अरे बाबा मैं। बोला न झुमकी।''

सहसा दरवाजा खुला और एक दुबला-पतला आदमी बाहर निकलकर आया। ''अरे, झुमकी बाबा! कब आना हुआ आपका?'' और उसको प्यार से गोदी में उठा लिया।

झुमकी भी जैसे उसकी गोदी में प्यार की गरमाहट महसूस कर रही थी। वह धीरे-से उससे चिपक गई और कंधे पर सिर टिका लिया।

''दीदी कहाँ हैं?'' झुमकी धीरे से बोली।

''दीदी अंदर खाट पर लेटी हैं, बाबू। उनकी तबीयत ठीक नहीं है।''

''क्या हुआ?'' झुमकी इठलाकर बोली। ''क्या दीदी को पता नहीं कि मैं आई हूँ, झुमकी। क्या उनको मेरे से मिलने नहीं आना चाहिए था?'' और वह वीरेंद्र की गोदी में मचलने लगी। वीरेंद्र उसको अंदर ले आया।

''देखो तो, कौन आया है?'' और खाट पर लेटी महिला ने धीरे से आँखें खोलीं।

''कौन?''

झुमकी वीरेंद्र की गोदी से उतरकर खाट के पास दौड़ गई। खाट पर गंदी-सी चादर बिछी हुई थी। वीरेंद्र ने उसको पकड़ लिया।

''क्या हुआ, मुझे क्यों पकड़ा?''

''कुछ नहीं, बाबा। आपकी मम्मी गुस्सा करेंगी।'' वह यह न कह पाया कि इतनी गंदगी देखकर झुमकी की माँ उसकी अच्छे से पिटाई लगा देंगी।

पर झुमकी न मानी और उस महिला के गले में बाँहें डाल दी।

''उठो, घर चलो। मुझे बहुत भूख लग रही है।''

और उसी बीच पाठक बाबू (झुमकी) को ढूँढ़ते हुए आ गया।

''बाबू, चलिए। आपकी माँ आपको बुला रही हैं।''

पर झुमकी संगीता से कसकर चिपक गई।

''मुझे नहीं जाना।'' और धीरे-से उसकी गोदी से उतरकर वह थाली में रखी सेकीं रोटियाँ धीरे-धीरे खाने लगी जैसे कोई बरसों का भूखा एक-एक कौर का आनंद उठाकर अपने अंदर की अतृप्त इच्छा को संपोषित कर रहा हो।

□

अविश्वास-दो मित्र

वह आया हुआ है शहर में, इसकी सूचना एक मित्र के माध्यम से मिली। शायद वह सुबह से ही इस शहर में है। होगा अपने अन्य मित्रों के साथ। कर रहा होगा मौज-मस्ती। उसकी हिम्मत तो देखो कि मेरे यहाँ रहते हुए वापस इसी शहर में आया। मेरे और उसके मित्र सभी एक थे। जब तक वह यहाँ था, तब तक हम लोगों का रोज मिलना-जुलना होता था, कभी किसी पार्टी में या फिर कभी किसी मित्र के यहाँ। कब साथ में वक्त कट जाता, पता ही न चलता था।

पता तब चला जब उसका तबादला दूसरे शहर में हो गया। वह दिन याद है, जब उसके तबादले की खबर आई थी। सब कितना विचलित हुए थे। अब सर्वदा के लिए साथ छूट जाएगा। दिल में एक हूक-सी उठी थी। उसको विदा करते हुए आँसू नहीं थमते थे। क्या वे आँसू झूठे थे या उनमें उठनेवाली भावना बेमानी थी? नहीं तो? फिर बीच में कैसे घटित हो गया कि दो व्यक्ति, जो कभी जुदा नहीं हो सकते थे, अचानक अजनबी हो गए? नहीं, अजनबी भी नहीं; अगर दुश्मनी का नाम दिया जाए तो अतिशयोक्ति न होगी।

आज वह उन मित्रों के यहाँ जा रहा है, जिनको शायद वह इतने अच्छे-से जानता भी न था। अरे, उसका दिल तो सिर्फ मेरे लिए धड़कता था। क्या वह उस दिन की सुबह भूल गया, जब उसका एक्सीडेंट हुआ था?

वह अपने एक दूसरे मित्र के साथ कानपुर से लखनऊ के लिए रवाना हुआ था। रास्ते में पता नहीं कैसे गाड़ी से चक्का खुल गया और गाड़ी एक पुल से जा टकराई।

गाड़ी तो पूरी तरह क्षतिग्रस्त हो गई थी, पर ईश्वर की कुछ ऐसी कृपा हुई कि वह और उसका मित्र मामूली–सी चोट खाकर बच गए थे। दोनों काफी देर तक सड़क पर बेहोश पड़े रहे थे। जब उसको होश आया तो सर्वप्रथम फोन उसने अपनी पत्नी को न लगाकर मुझको लगाया था। मैं उसका लँगोटिया यार जो ठहरा! वह 'दोस्त' शब्द को बहुत अहमियत देता था और दोस्ती की उसके मन में काफी कद्र थी। उसकी दुर्घटना की सूचना पाते ही मैं अविलंब लखनऊ रवाना हो गया था। शायद उसके ऑपरेशन रूम में जाने से पहले पहुँचनेवाला पहला व्यक्ति मैं था। जब तक वह अस्पताल में रहा, तब तक मैं उसके पास रहा। उसकी पत्नी बाद में ही पहुँची थी। उनकी ठीक से रहने की व्यवस्था करने के बाद ही मैं वापस आया था।

पर जब तक मैं उसके पास रहा, तब तक उसका व्यवहार मेरे प्रति रूखा ही था। वह मुझसे ठीक से बात भी नहीं कर रहा था। वह ऐसा क्यों कर रहा था, इसका कुछ–कुछ अंदेशा था मुझे, पर न मैं और न वह खुलकर एक–दूसरे का आमना–सामना करना चाह रहे थे। चलने के वक्त मैं काफी देर उसके पास बैठा रहा। उसकी पत्नी भी उसकी बगल में बैठी हुई थी। हम लोगों के बीच काफी देर तक खामोशी और चुप्पी छाई रही। उस तंद्रा में दोनों की निगाहें नीची थीं। उसकी पत्नी ने बीच में उठकर जाना चाहा, पर मैंने ही इशारे से रोक लिया। जो भी बात है, साफ–साफ आमने–सामने हो जाए तो दिल पर बोझ नहीं रहता, पर कई बार इनसान यही गलती कर देता है। कुछ बातें दिल की गहराइयों में दफन हो जाएँ तो शायद वह मुर्दा हो चुके संबंधों को जीवित रखती हैं, पर कभी–कभी रिश्तों के दरमियान

इनसान यही गलती कर बैठता है। रिश्तों को पाक-साफ रखने के उद्देश्य से जब कुछ कंकाल जीवित हो उठते हैं तो वे इनसान नहीं, भूत बन उठते हैं और यही हुआ। हम दोनों के दरमियान जो बातें थीं, वे भूत बनकर दोनों की जिंदगी पर हावी हो गईं।

बातचीत का क्रम आगे न बढ़ता देख मैंने एक नैपकिन लेकर उस पर लिख दिया कि तुम्हारी पत्नी की कोई गलती नहीं है, पर एक अविश्वास-सा हम लोगों के बीच आकर ठहर गया था। तुम अस्पताल से आ भी गए, पर इससे पहले कि संबंधों में उभर आई दरार को हम भर पाते, तुम्हारा तबादला दूसरे शहर में हो गया और तबादलों के साथ शायद रिश्ते भी अजनबीयत में तब्दील हो गए।

उसके बाद दूरभाष पर हुई बात ने उन रिश्तों को अजनबीयत के दामन से निकालकर दुश्मनी में बदल दिया, जो आज तक बदस्तूर जारी है। उस उभर आई दुश्मनी की खाई को पाटने का प्रयत्न शायद दोनों ही तरफ से नहीं हुआ। शायद होगा भी नहीं, यह भी मैं जानता हूँ, पर कहीं-न-कहीं मन में एक उम्मीद अवश्य है कि कभी अगर जिंदगी में मुलाकात हो तो एक-दूसरे का आमना-सामना कर पाने लायक तो रहें।

तुम आज अपने दोस्त के यहाँ दावत खा रहे होगे। शायद तुम्हें मेरा ख्याल भी नहीं आ रहा होगा! अच्छा है, क्योंकि दुःख विचारों से ही होता है। तुम मेरे दोस्त हो और दोस्त ही रहोगे, पर तुमने ऐसा क्यों किया?

तुम जिसके यहाँ खाना खा रहे हो उस दोस्त का घर मेरे पड़ोस में ही है। अगर तुम ऊपर गए होगे तो मेरा घर दिखता होगा। हाँ वही, जिसको यहाँ रहते हुए तुमने अपना बनाया था। क्या उन बिताए हुए क्षणों में से एक की भी अनुभूति तुम्हारे अंदर शेष नहीं है कि तुम उनके नाते ही मुझे याद कर लेते? क्या तुमको इतनी नफरत हो गई है मुझसे और मेरे परिवार से?

अरे, जब हमारे साथी दोस्त ने बताया कि तुम आए हुए हो तो मन में एक उम्मीद जागी कि नहीं, वह आया है तो अवश्य मिलने चला आएगा। चलो, फोन पर सूचना न दी, न सही, पर वह ऐसा कैसे कर सकता है! क्या उसके अंदर इतनी भी विनम्रता शेष नहीं है कि वह सिर्फ कुछ क्षणों के लिए मुझ से मिलने मेरे घर चला आए? अरे! मेरा तुम्हारे प्रति छोटे भाई-सा व्यवहार था। पूरी रात करवटों में कटी। बीच में एक बार तो मुझे ऐसा एहसास हुआ कि मेरी पत्नी भी नहीं सोई है, और मैंने उसको हौले से पूछा भी, ''क्या नींद नहीं आ रही?'' वह झूठ बोल गई, ''नहीं, बेटा परेशान कर रहा था, उसी को देखने के लिए नींद उचट गई।'' पर मैं जान रहा था कि वह भी नहीं सोई है।

वह भी तुम्हारे आने को लेकर उद्विग्न है। रिश्ते इतनी कड़वाहट से नहीं तोड़े जाते। मधुरता की पुरानी यादें पिरोकर उन भावनाओं को जीवित रखा जाता है। तुम्हें क्या हो गया है? तुम तो ऐसे न थे। अगर मेरे से भी गलती होती थी तो भी तुम तुरंत मनाने के लिए चले आते थे। फिर यह व्यवहार क्यों बदल गया? क्यों महीनों से तुमने मुझको क्षमा करने की जरूरत नहीं समझी? अरे! एक बार झूठे ही फोन कर देते तो मैं भागा चला आता। फिर इतनी कटुता क्यों आ गई तुम्हारे व्यवहार में?

अरे, क्या मुझे पता नहीं कि आज तुम्हारी शादी की सालगिरह है और तुम लोग चंडिकाजी के मंदिर में मत्था टेकने आए हो। ईश्वर तुम दोनों की शादी को बरकरार रखे। हजारों दुआएँ देता हूँ मैं तुमको! फिर क्यों नहीं तुम फोन करते?

अभी ऑफिस में सहसा फोन खटका था। पूरी रिंग हुई और उठाने से पहले ही कट गया। मन में एक उमंग उठी कि शायद तुमने याद किया हो। याद तो करते ही होगे? मैं इस बात को सपने में भी

नहीं झुठला सकता। वह उष्णता, जो मैंने महसूस की, वह शायद तुमने भी की होगी। मैं तब से फोन को ही निहार रहा हूँ। शायद अब बज उठे। मेरे विचारों को तुम तक पहुँचाने का कोई तो साधन हो। क्या मेरे विचार इतने निर्जीव हैं कि वातावरण में वे कोई भी स्पंदन नहीं ला पाते?

शायद कहीं मेरी भी गलती है। मुझे ही फोन उठाकर तुम्हें लगा लेना चाहिए। अगर तुम नहीं तो मैं ही सही, पर पता नहीं मुझे क्या रोकता है? मैं भी तुमको क्यों नहीं अपना पा रहा हूँ? कहाँ गलती हो गई? शायद उस समय कुछ वक्त का खेला था। सारे कार्य तो यह वक्त ही खेलता है। हम सब तो बस उसके हाथों की कठपुतली हैं। जब अपना नसीबा बिगड़ जाता है तो एहसास होता है कि क्या गलती कर बैठे।

अरे, वह वक्त ही तो ऐसा था, जब मुझसे सारी बातों का खुलासा करा गया। उस वक्त की कही हुई बात आज भी मेरे कानों में गूँजती है, "दोस्त, तुम्हारा पारिवारिक जीवन तो बिगड़ गया; मेरा मत बरबाद करो।" और मैं प्रतिशोध की आग में जल उठा था। मैं तुम्हारा कितना अहित करना चाहता था! तुम्हारा सबकुछ बिगाड़ कर आनंद पाना चाहता था। चाहता था, तुम्हारी बदनामी सब तरफ हो, पर नहीं कर पाया। और कुछ हिम्मत मेरी पत्नी ने तोड़ दी। बोली, "बीती को बिसार दो। जो हो चुका, सो हो चुका। खाक डालो।" और वाकई अगर बातों और चीजों से उभरी बातों पर खाक डाल दो तो वे दब जाती हैं। उजागर करने से नासूर बनकर जीवन को बरबाद कर देती हैं और यही हुआ। हमारी व्यक्तिगत जिंदगी में वे बातें एक ताजा नासूर बनकर फट पड़ा जिसके बहने का प्रवाह अभी जारी है। भगवान् ही जाने, यह प्रवाह कब जाकर रुकेगा? पर भगवान् से प्रार्थना है कि रुक जाए। मैं इतना भी जानता हूँ कि चाहकर भी हमारे संबंध अब पहले

जैसे मधुर नहीं हो पाएँगे। कितने दु:ख की बात है कि इतनी छोटी सी जिंदगी में इतने बड़े जख्म ले लिये जो कहीं अंदर तक सीने में टीस पहुँचाते हैं। रह–रहकर दर्द का एहसास करा जाते हैं।

आज के दिन तुम अपने अन्य मित्रों के साथ सालगिरह का आनंद ले रहे होगे और मैं यहाँ ठंडे जाम पर अपना दु:ख भुला रहा हूँ। तुम आए ही क्यों? क्या पहले दी हुई पीड़ा काफी नहीं थी? फिर, आना ही था तो ऐसे आते कि तुम्हारे आने का एहसास भी मुझको नहीं होता। अभी तक जो बात मैंने तुम्हारे और अपने मित्रों से छुपा रखी थी और अपने बीच उभर आई कटुता को उजागर ही नहीं किया था, उसको तुमने एक ही क्षण में सार्वजनिक कर दिया। शायद यह तुम्हारा बदला लेने का कोई तरीका होगा? इस भावना के तहत तुम मित्रों के बीच मेरी बात खराब कर गए, पर ऐ मेरे दोस्त! क्या तुमने सोचा है कि अगर मैं उनके बीच अपना पक्ष रखूँगा तो तुम्हारी क्या इज्जत रह जाएगी? तुम अब क्यों मेरी इज्जत का फालूदा बनाना चाहते हो? अरे, यह तो आपस की बात थी, इसको आपस में ही रखते। बाहर उजागर करके तुम्हें क्या मिला? शायद अहं की संतुष्टि।

नहीं, मैं नहीं मान सकता कि तुम सपने में भी मेरे दुश्मन होगे। ऐसा सोचना या प्रतीत होना बेमानी है क्योंकि जो कुछ भी हमारे बीच धटित हुआ, वह संवाद से ऊपर है। उनको शब्द नहीं दिए जा सकते। पर ऐ मेरे दोस्त! आज भी एक इच्छा है कि तुम मेरे सामने आओ। मेरे ऊपर शारीरिक प्रहार करो। अगर उस अपमान से तुम्हारे अंदर भभक रही ज्वाला शांत हो सकती है तो उसको भी अंजाम दे दो, पर ऐसा मौन पीड़ादायक है। यह मौन मेरी आत्मा के ऊपर एक बोझ है। यह मौन एक चिता के समान है, जो जीते जी मेरी आत्मा को निगल रही है। अगर तुमने मुझे माफ नहीं किया तो मैं सर्वदा के लिए मौन रख लूँगा। इस बोझ को लेकर जीवन में चल पाना अब नामुमकिन

है। यह जीवन ही कभी-कभी व्यर्थ प्रतीत होता है। ईश्वर से प्रार्थना है कि मेरे जीवन को ही पूर्ण विराम लग जाए, जिससे यह सत्य कि मैं और तुम्हारी पत्नी··· नहीं, मैं मौन लगा जाऊँगा।

□

रिश्तों की नींव

चौसर की बाजी लगी हुई थी। पूरा राज परिसर रोशनी से जगमगा रहा था। सब खुश थे, सब हँस रहे थे। हार-जीत का फैसला होना अभी बाकी था। खेल के हर एक दाँव पर युधिष्ठिर सबकुछ खोता जा रहा था। चार सशक्त भाइयों को वह हार चुका था। द्रौपदी को हारना अभी बाकी था।

(2)

रति अपने पति के व्यवहार से संतुष्ट न रहती थी। रहती भी कैसे और क्यों? यही प्रश्न उसके जेहन में एक अनबूझ पहेली बन मंथन करता रहता था और करना भी चाहिए, क्योंकि एक ही जीवन जीने को मिला है और उसे यों व्यर्थ किए जाने का औचित्य उसकी समझ के बाहर था।

शुरुआत में ही रति का संक्षिप्त परिचय उसके बेहद करीब ले जाएगा। लखनऊ शहर के पढ़े-लिखे परिवार की पढ़ी-लिखी लड़की। समस्त पढ़ाई और शिक्षा-दीक्षा लखनऊ विश्वविद्यालय से कराकर उसके माता-पिता ने उसका ब्याह जमशेदपुर में टिस्को में कार्यरत एक कंप्यूटर इंजीनियर से कर दिया। अच्छा लड़का देखकर ही विवाह किया था। लड़की सुखी रहेगी, उससे वे आश्वस्त थे। नाखुश होने का कोई कारण भी प्रतीत न होता था। पढ़ा-लिखा, अच्छी फर्म और अच्छे पद पर कार्यरत लड़का हर प्रकार से लड़की को सुखी रखेगा, पर एक दिक्कत थी; और वह थी—सास-ससुर।

सास-ससुर साथ में ही रहते थे। ऐसे तो लड़के वीरू के माता-पिता थे। सास-ससुर हर बहू के लिए पूजनीय होने चाहिए और रति के लिए

भी थे, पर वही पुरानी घर-घर की राम कहानी। अपने पुत्र की उन्नति का उपभोग माता-पिता जमकर करना चाहते हैं। बात भी ठीक है। अगर इनसान पूरी जवानी जिन बच्चों के लिए काट दे, फिर उसका उपभोग तो बुढ़ापे में करेगा ही करेगा। आखिर माता-पिता बच्चों में पूँजी निवेश करते हैं तो फिर जब विनिमय काटने का वक्त आएगा तो कैसे छोड़ दें? पूँजीवादी संसार है, पूँजीवादी। अपने जवानी के दिन सब भूल जाते हैं और याद रह जाती है तो बुढ़ापे की तकलीफें और उन तकलीफों में बच्चों की खुशियाँ ज्यादा बरदाश्त नहीं होतीं। यही हुआ वीरू के माता-पिता से।

एक वे दिन भी थे, जब वीरू छोटा था तो उसकी माँ के पेट में अल्सर हो गया था। पता नहीं क्या हुआ कि एक दिन वे दर्द से तड़पने लगीं। उसी तड़प में जब अस्पताल ले गए तो पता चला कि अल्सर फट गया है। जीवन और मौत के इस संघर्ष में वीरू के पिता ने वीरू की माँ की जमकर सेवा की और उसको मौत के मुँह से खींच लाए। उसके बाद तो वे दोनों जैसे एक-दूसरे के पूरक बन गए। बनना ही था। आखिर मियाँ-बीवी जो ठहरे, पर आज अपने बेटे को बाँट पाना दोनों के ही वश से बाहर था और यहीं से रति के जीवन की कड़वाहट का प्रारंभ हुआ।

आईने में उभर आई मामूली दरारें भी पता चल जाती हैं, पर जीवन के अक्स पर उभर रही दरारों को देख पाना इतना सरल नहीं होता। वे धीरे-धीरे चौड़ी होती जाती हैं और रिश्तों के गर्त में छुप जाती हैं, पर जब उभरती हैं तो वे खाई की तरह चौड़ी हो चुकी होती हैं। ऐसा ही कुछ रति और वीरू के संबंधों में हुआ। धीरे-धीरे वक्त की परतें चढ़ती गईं और दोनों के दरमियान रिश्ते बिखरते गए। दोनों ही अच्छे इनसान थे, पर उनका वक्त अच्छा नहीं था और दोनों के मध्य एक मौन आकर पसर गया था।

जीवन में प्रेम एक बड़ा आधार है। शादी के बाद ससुराल में रिश्तों की नींव का आधार पति ही होता है। अगर अपना पति ठीक से खयाल नहीं रख पाता तो वह स्त्री ससुराल में नौकरानी से बदतर जगह पर विराजमान होती है। यही रति के साथ हुआ। उसका अपना वजूद दबकर खत्म हो गया।

वह पति के हाथ का खिलौनामात्र बनकर रह गई। अपनी इच्छा-अनिच्छा पर से उसका हक जाता रहा। वह यह भी भूलने लगी कि वह साँस भी लेती है। उस पर तो सिर्फ उसका हक है।

(3)

और लो, वह द्रौपदी को भी हार गया। सिर झुकाए सब-के-सब बैठे हुए थे। द्रौपदी भरी सभा में हताश खड़ी थी। पाँच शूरवीरों की पत्नी का वजूद आज नगण्य था। यों भेदती हुई आँखें उसे खा जाने को तैयार खड़ी थीं। वह वस्त्र सहित निर्वस्त्र थी, क्योंकि उसके पति उसकी शुचिता और सम्मान की रक्षा कर पाने में असमर्थ थे। ऐसा ही होता आया है। सशक्त पुरुष की नारी ही समाज में सम्मान पा सकती है अथवा वह अरी सभी के आगे झुकी हुई रहती है। वह शोषण के लिए तैयार है।

(4)

आज रति के पति का क्रोध परचम पर था। सुबह से ही घर में उथल-पुथल मची थी। रति ने बोलने की भी कैसे जुर्रत की! माँ को तो जैसे रति का साथ रास ही नहीं आ रहा था। वे मौन धारण किए कोप-भवन में थीं। गलती सिर्फ इतनी थी कि रति ने अपने जीवन को जीने की आज़ादी माँगी थी। उसका भीरु पति माँ को कोई भी जवाब नहीं दे पाया था। पूरे परिवार के बीच सिर्फ इतना बोला था, 'इस औरत ने तो मेरा जीना हराम कर दिया है। यह इस घर में जब से आई है, तब से घर नरक का अड्डा बन गया है।'

और रति का सिर पूरे परिवार के बीच शर्म से झुक गया। उसके देवर मुँह छुपाकर हँस रहे थे और देवरानी की तो पौ बारह हो गए थे। वह सास के बगल में बैठी मुँह ढाँपे उनका पैर दबा रही थी।

और रति···उसे तो यह भी पता नहीं था कि उसकी गलती क्या है? आज वह द्रौपदी की असहनीय पीड़ा से ओतप्रोत रीढ़हीन पति के सत्संग की मूर्त सहभागिनी बन नारी होने के दंश को झेल रही थी। आज वर्षों बाद उसने जीना चाहा था, पर वह चौसर की बाजी हारकर सबके बीच अपमान

का पात्र बनने के लिए तैयार हो गई थी। जब पति ही साथ न दे पाया तो फिर वह किसके सहारे जी पाती।

(5)

द्रौपदी का प्रश्न सभा के सम्मुख बस यही था कि पहले आप स्वयं को हारे कि मुझे? और उत्तर में किसी के पास कोई स्पष्ट संवाद न था। द्रौपदी पाँच कायर पतियों की पत्नी थी। उसे जीवन जीने का अधिकार शायद प्राप्त न था। उसने आँखें बंदकर सखा को पुकारा, 'हे नाथ! रक्षा करो। मुझ अबला का सहारा बनो।'

(6)

रति अपमान को ज्यादा नहीं सह पाई। आज उसे निर्णय लेना होगा। उसने निर्णय ले लिया, अब और न रहेगी। जो पति उसे सम्मान न दे सके, उसके साथ जीवन व्यर्थ है। उसने सुबह का भी इंतजार नहीं किया और अपने बचपन के सखा को फोन लगा दिया।

'राजीव, में अपने पति को छोड़कर आ रही हूँ। मुझे कुछ दिन आश्रय दे दो और मुझे अपने पैरों पर खड़े होने का साहस।' सखा मुझे तुम्हारी जरूरत है। राजीव ने दूसरे दिन ही उसके ठहरने की व्यवस्था एक पीजी में कर दी और घर की तलाश शुरू हो गई।

कुछ रिश्तों का नाम नहीं होता।

वे सिर्फ दर्द के रिश्ते होते हैं या मानवीय संबंध।

(7)

उधर भरी सभा में द्रौपदी का मस्तक ऊँचा था। कृष्ण उसका सखा था।

"श्रीकृष्ण गोविंद हरे मुरारी। श्रीनाथ नारायण वासुदेवा।"

नेपथ्य से बस यही आवाज आ रही थी।

□

कसाई

पूजा कसाई की दुकान पर खड़ी थी। आज काफी दिनों के बाद उसके पति को गोश्त खाने का मन किया था। वैसे मुर्ग-मुसल्लम बनना उनके घर के लिए कोई नई चीज न थी। अक्सर बनता रहता था, क्योंकि असलम खाने-पीने का शौकीन था, पर आज सुबह असलम ने उसके हाथ में सौ-सौ रुपए के कड़कते हुए दो नोट रखे और शाम को एक छोटे-मोटे जश्न के आयोजन की योजना बताई। पूजा को यह आयोजन थोड़ा अजीब लगा, पर इतनी खुशी जरूर हुई कि आज असलम ने अपनी कमाई का थोड़ा हिस्सा उसको दिया था। नहीं तो पूजा की कमाई खाने में उसे कभी खास परहेज न हुआ था। पूजा ने भी जैसे हालात से समझौता कर लिया था। रोज-रोज की किचकिच से घर चलाने से अच्छा था कि माहौल में शांति रहे और जीवन सुकूनदेह चलता रहे।

पूजा और असलम का प्रेम विवाह था। पूजा उस समय कॉलेज में पढ़ रही थी, जब असलम से उसकी भेंट एक जलसे में हुई। असलम गया का रहनेवाला था और इधर कानपुर में आकर अपनी पढ़ाई पूरी कर रहा था। यह शायद पहली ही निगाह का प्यार था, जिसने दो जिंदगियाँ एक कर दी थीं।

पूजा ने अपना शॉपिंग बैग कसकर पकड़ लिया। जनवरी की कसमसाई सुबह के उस क्षण को याद कर उसके हाथ काँप उठे। मस्तक पर पसीने की बूँदें छलछला आईं और नयनों में अश्रु। अपनी बाँह के

एक कोने से उनको पोंछकर वह गरम गोश्त से उठ रहे धुएँ को देखती रही। जिबह होने के पहले वह बकरा कैसे दर्द से तड़पा होगा, उस दर्द को महसूस करके वह भी तड़प उठी। उधर लोग इधर-उधर की बातें कर रहे थे और अपनी बारी की प्रतीक्षा कर रहे थे। उस कसाई की शक्ल देखकर उसे बेहद क्रोध आया।

एक तो मनुष्य जीवन इतने कठिन तप के बाद मिलता है और उस पर यह पाशविक कार्य। ''अरे, ऐसे शख्स को तो दोजख भी नसीब नहीं होगी।'' उस समय वह यह भूल गई कि वह भी उस बदनसीब बकरे का गोश्त खाकर पाप की भागी बन रही थी। कसाई की बड़ी-बड़ी आँखों और उससे भी बड़ी मूँछों में उलझकर वह मन-ही-मन उसे धिक्कारने लगी।

वह मीट लेने कम ही आती थी और जिस दिन आती थी, उस दिन गोश्त में से बकरा उठकर उसकी आँखों के सामने सजीव हो उठता था और उसको बनाते हुए उसे लगता, जैसे अभी कड़ाही में से उछलकर वह सामने आ खड़ा होगा और मिमियाने लगेगा। यह सोचकर ऊपर तक पूजा का मन घिन्ना गया। आज तो उसका जी कसैला हो रहा था और शायद भोजन भी नसीब नहीं होगा।

वह बाजार का सारा काम समेटते हुए घर पहुँची। जब घर पहुँची तो असलम घर पर नहीं था। घर क्या था, एक छोटा-मोटा, अस्त-व्यस्त दड़बा और इससे अधिक कुछ भी नहीं। घर का तो सपना खैर पूजा तब ही छोड़ चुकी थी, जब उसने असलम का हाथ थामा था। सबकुछ, और बहुत कुछ वह पीछे छोड़ आई थी। उतने पीछे जाकर कुछ भी मुट्ठी में भींच पाना अब उसकी पहुँच के बाहर हो चुका था और वह फिर तड़प उठी। इससे अच्छा एक मकान अपने लिए मुकम्मल कर पाना उसकी एक अकेली की कमाई में शायद दुर्लभ ही था पर उसने समझौता कर लिया था। उसने शुरू-शुरू में असलम को समझाने की बहुत कोशिश

की। बहुत समझाया, हौसला दिलाया कि सब्र करो; नौकरी कहीं-न-कहीं मिल जाएगी, पर अब शादी के तेरह बरस बीतने के बाद उसका अपने शब्दों पर से खुद ही यकीन उठ गया था। अब उसको लगने लगा था कि शायद असलम के लिए कोई नौकरी बनी ही नहीं।

इस बात पर उससे ज्यादा असलम को यकीन हो गया था और धीरे-धीरे उसके अंदर की हिम्मत चुकती जा रही थी। सामने पड़ी तस्वीर को देखकर पूजा ने एक गहरी साँस छोड़ी। यह उस समय की थी, जब उसके अच्छे दिन थे। वक्त अनुकूल चल रहा था और दोनों में प्यार-मोहब्बत थी। अब तो असलम काफी बदल गया था। यह वह वाला असलम न था जिसको पूजा जानती थी। यह कोई और असलम था, कोई अजनबी व्यक्तित्व जिसके साथ पूजा अपना वक्त बिता रही थी। पूजा के मन में एक घृणा जाग उठी। अपने प्रति, असलम के प्रति या वक्त के प्रति, जो प्रतिकूल ही होता जा रहा था। हताशा में पूजा ने एक गहन साँस छोड़ी और घर को समेटने में जुट गई। अस्त-व्यस्त घर से तो अस्त-व्यस्त जिंदगी ज्यादा बेहतर थी और उसके हाथ ज्यादा स्फूर्ति से चलने लगे, शायद वही कुछ सुकून दे सकें।

गोश्त को रसोई में रखकर वह अंदर जाकर तैयार होने लगी। उसको पार्लर जाने की हड़बड़ी थी। इसी क्रम में उसकी छोटी बेटी, जो कि आठ साल की थी; आकर बोली, ''माँ! क्या मैं शाम के भोजन की पूरी तैयारियाँ कर लूँ?'' आजकल बंटी के स्कूल की छुट्टियाँ चल रही थीं। वह कक्षा तीन में थी और पढ़ने में हमेशा अव्वल आती थी। पूजा का स्वप्न था कि चूँकि वह जिंदगी में कुछ न कर पाई, इसलिए अपनी बेटी को अच्छे से पाल-पोसकर बड़ा करेगी और जीवन में ऊँचे मुकाम तक पहुँचाएगी। बेटी को देखकर माँ का मन फख्र से फूल उठा। बिल्कुल चाँद का टुकड़ा थी उसकी बेटी। जो उसको देखता, तारीफ किए बिना न रहता।

''अरे पूजा! तेरे तो नसीब खुल गए। इतनी सुंदर है बंटी। किसी बड़े घराने के लक्षण हैं इसके। जहाँ भी जाएगी, राज करेगी।''

रूप और गुणों के इस अनोखे संगम ने उसे बंटी के जीवन के प्रति कुछ ज्यादा ही आश्वस्त कर दिया।

''हाँ बेटा, तुम तैयारी करके रखना। पता नहीं तुम्हारे पिता किसको लेकर आ रहे हैं? आज सालों बाद पता नहीं कैसे उनका मन कर आया किसी को घर बुलाने का? नहीं तो तुम्हारे पापा तो घर से बाहर रहना ही ज्यादा पसंद करते हैं।''

पूजा के स्वर में टूटन थी। असलम के रंग-ढंग को वह चाह कर भी न बदल पाई थी। धीरे-धीरे असलम की संगत भी बुरी हो गई थी और वह देर रात तक पी कर आता था। पी के आने के बाद तो उसके होश पूरे तरीके से उड़े रहते थे और वह अक्सर पूजा से उलझ जाता था। यदा-कदा वह उस पर हाथ भी उठाने लगा था।

पूजा बहुत कुछ देखकर भी अनदेखी कर देती थी। और कोई चारा भी उसके पास न था, सिवाय सहने के। जीवन में आगे बढ़ते-बढ़ते यदा-कदा हम कुछेक दरवाजे असहज रूप से बंद कर देते हैं, जिनका इल्म फिर बाद में होता है। यही हुआ। माँ-बाप की इच्छा के खिलाफ जाकर विवाह कर लेने के कारण उसका रिश्ता ही उनसे खत्म हो गया। एकाध बार माँ से जरूर संपर्क कर हाल-चाल लेने की सुध ली थी, पर उसकी अपनी आत्मा कभी गवारा न कर पाई कि वह पहले जैसी पूजा होकर उनसे मिले। हर बार एक विरोधाभास जीवन भर उसका पीछा करता रहा। एक बार झुकी हुई निगाहें कभी दोबारा न उठ सकीं। अगर विवाह उपरांत उसका जीवन सुखी होता तो शायद वह फिर भी किसी अधिकार से मिलती, पर गलत निर्णय की त्रासदी उसका पीछा न छोड़ पाई। अपने जीवन रूपी संग्राम से खुद लड़ने का निर्णय लिया था। फिर हार होती या जीत, यह तो उसका अपना भाग्य था। भाग्य के आगे

किसकी चली है, यही सोचकर उसने संतोष कर लिया था।

बंटी को समस्त निर्देश देकर वह पार्लर के लिए तेजी से निकल गई। आज का दिन वैसे भी काफी व्यस्त था। काफी सारी शादियाँ थीं, लिहाजा, कमाई भी काफी होनी थी, पर मेहनत भी बहुत थी। पार्लर पहुँचकर वह सीधे काम में ज़ुट गई।

पार्लर में गुड्डी को गुड़िया जैसा सजाते हुए उसकी अपनी स्वप्निल आँखों में बीते हुए अतीत के कुछेक सपने तैर गए। कभी वह भी इन जैसी थी। अलमस्त और अल्हड़ सी! जीवन तो नित बहते रहने का नाम है और वह भी उसकी रौ में बहती चली गई। उसने यह भी नहीं सोचा कि उसके कृत्यों का क्या परिणाम होगा और इसी क्रम में वह असलम के चक्कर में फँस गई।

असलम उसकी सहेली असफिया का चचेरा भाई था। पूजा और असफिया बचपन की सहेलियाँ थीं, इसलिए कभी पूजा के माता-पिता को शक भी नहीं हुआ और इस प्रेम-प्रसंग के कारण पूजा का असफिया के यहाँ आने-जाने का क्रम निरंतर बढ़ता गया। पूजा के माता-पिता के कान तो तब खड़े हुए, जब पूजा ने अपने प्रेम का ऐलान-ए-जंग कर दिया और इस जंग में हार मानना पूजा ने सीखा न था। वह प्रेम की रौ में बहती ही चली गई और अंत में उसने वह अहम निर्णय ले ही लिया कि वह और असलम भागकर विवाह कर लेंगे और असलम के शहर गया में ही बस जाएँगे और यही हुआ। दोनों वहीं आकर बस गए, पर यह कहा जाता है कि जब स्त्री प्रेम करती है तो पूर्ण समर्पण के साथ और पुरुष का प्रेम तो शारीरिक छलावा मात्र होता है। यही हुआ। असलम पूजा से ऊबने लगा और फिर जैसा होता आया है, घर कलह का अड्डा बन गया।

सहसा गुड्डी के सिर पर चुनरी डालते हुए पूजा की आँखें नम हो आईं।

"अरे, तू तो चाँद का टुकड़ा लग रही है। जा, तुझे पूरा आसमान

मिले।'' और पूजा अपने सिर के ऊपर चुनरी को तलाशने लगी, पर वह तो काफी पीछे छोड़ आई थी। भागते-भागते उसे पता ही नहीं चला कि चुनरी कहाँ खो गई है ? पता तो तब चला, जब निगाहें उठीं और समाज की नंगी आँखों की चुभन अपने जिस्म पर उसने महसूस की। हर लड़की की तरह उसने भी विवाहोपरांत कुछेक सपने देखे थे। वे सारे सपने टूट गए। बड़े होने के क्रम में वह यह भूल गई थी कि बड़ा होना तो सुखद है। उससे उपजी स्वतंत्रता आनंददायिनी पर उसके साथ जीवन की जो जिम्मेदारियाँ और चुनौतियाँ आती हैं, उन्हें सिर्फ मजबूत कंधे वाले ही उठा पाते हैं। जिनके कंधे कमजोर होते हैं, वे जीवन के बोझ तले दब जाते हैं और असलम के कंधे बेहद कमजोर थे और आत्मा अस्तित्वहीन। वह अपना बोझ तो उठा पाने में अक्षम था तो पूजा का बोझ क्या उठा पाता ? उसने गलत रास्ता अख्तियार कर लिया था। सही रास्ते पर चलने के लिए सही मूल्यों और आदर्शों का ज्ञान होना चाहिए। गलत रास्ते स्वयं को कभी नहीं हटाते और असलम मुजरिम हो गया। अपनी आत्मा को उसने हर चौक और चौराहे पर गिरवी रख दिया। एक बार आत्मा बिक गई तो फिर निगाहों में छुपी हुई शर्म भी खत्म हो जाती है।

पर अफसोस तो ये था कि पूजा का असलम ऐसा न था। जीवन में कोई भी व्यक्ति कभी एक जैसा नहीं होता। व्यक्ति बदलते हैं और व्यक्तित्व भी। जीवन के प्रवाह में कब व्यक्ति का स्वरूप बदल जाए, इसे इनसान खुद भी पहचान नहीं पाता। जीवन के बदलते मूल्यों के साथ असलम बदल गया था, पर उसके इस खोखले व्यक्तित्व के साथ पूजा अपने को पूर्णरूपेण न बदल पाई थी। जब असलम के जाहिल मित्रों की निगाह में वह पहले दिन चढ़ी थी उसी दिन उसने अपनी आत्मा पर एक अफसोस का आवरण चढ़ा लिया था, पर अपनी बेटी बंटी को वह हर विपदा से बचाएगी, इसके प्रति वह कृत-संकल्प थी। गुड्डी को दुल्हन के रूप में तैयार देख सहसा उसको अपनी बंटी कहीं रूप में बैठी नजर आई और सुबह से वह पहली बार अच्छे-से मुसकराई थी।

घर पहुँचने तक पूजा का मिजाज काफी अच्छा था, पर घर के बाहर पहुँचकर ठहाके के स्वर सुनकर वह थोड़ी ठिठक गई। अरे, उसको आने में विलंब हो गया या फिर मेहमान पहले आ गए। चलो जो भी है, अब तो अंदर जाकर ही पता चलेगा और अपने को सहज करते हुए उसने बड़े धीरे-से दरवाजा खोला। सामने तीन अजनबी लोगों को बैठे देख वह सकते की स्थिति में आ गई। तीनों अजनबी कम, खूँखार अधिक प्रतीत हो रहे थे। अरे, क्या यही मित्र हैं असलम के? असलम का उठना-बैठना ऐसे लोगों के साथ है? बड़ी-बड़ी आँखें, जिनको देखने मात्र से ही जीवन के प्रति खौफ पैदा हो जाता था। उन आँखों में जीवन के प्रति मोह नहीं है। करुणा का तो सर्वथा अभाव था। उनमें क्या था, यह पूजा नहीं समझ पाई। समझ पाई होती तो समय रहते वह कुछ उपाय भिड़ा देती, पर अक्सर हम समय को ही नहीं पकड़ पाते। पूजा नजरें झुकाकर अंदर चली गई।

अंदर कमरे में पलंग पर उसकी बेटी बैठी थी। बेटी का खिल आया रूप देख पहली बार उसको अपने माँ होने पर शर्म आई। बेटी का यौवन वह ही न देख पाई और आज सजी-सँवरी बंटी में उसको पार्लरवाली गुड्डी की झलक दिखाई दी और कुछ-कुछ माजरा समझते उसको देर न लगी।

"अब्बू कहाँ हैं?"

"अभी तुरंत बाहर गए हैं, शायद व्हिस्की का इंतजाम करने के लिए। बोले, तुम तैयार हो। बस, मैं आ रहा हूँ।"

"और कुछ बोले?" हल्की ठंड के बावजूद उसके चेहरे पर पसीने की बूँदें उभर आईं। उसके हाथ-पैर काँपने लगे और आगे होनेवाले हादसे के दृश्य उसकी आँखों के आगे चलचित्र के समान गुजरने लगे।

नहीं, असलम इतना नहीं गिर सकता। ऐसे गंदे आदमी के साथ जीवन बिताती आई हूँ। उसके अंदर घृणा की उबकाई भरने लगी। नहीं,

वह अब और नहीं बर्दाश्त कर सकती। वह असलम से अलग हो जाएगी, हमेशा-हमेशा के लिए। कहाँ जाएगी, कैसे जाएगी उसको कुछ समझ में नहीं आ रहा था। आँखों के आगे बस अँधेरा छा रहा था।

"पूजा, बंटी!" असलम का कर्कश स्वर सुनाई दिया।

"कहाँ हो, बाहर आओ।" इस बार स्वर में बनावटी मिठास थी। "देखो, मेरे मित्र आ गए हैं।"

पूजा का दिल तेजी से धड़कने लगा। आँखों के आगे अँधेरा गहरा गया था। वह अपने को काफी कमजोर महसूस कर रही थी। हाथ-पैर काँप रहे थे। एकबारगी उसे ऐसा लगा कि वह बेहोश होकर गिर जाएगी, तभी असलम के पैरों की पदचाप उसको दूर से अंदर आती प्रतीत हुई। पूजा की अंतरात्मा ने कसकर उसको धिक्कारा।

"उठो पूजा! यह कायरता का वक्त नहीं है। हिम्मत से काम लो।" पर नहीं, वह नहीं लड़ पा रही थी।

असलम लड़खड़ाते हुए कदमों से अंदर दाखिल हुआ। उसने बहुत ज्यादा पी रखी थी। दूर से ही उसके मुँह से शराब की बदबू आ रही थी। आवाज बहकी हुई थी। और कदम डगमगाए हुए थे, पर शायद कभी पूजा इतनी गौर नहीं कर पाई। उसके कदम तो बहुत पहले ही डगमगा गए थे। एक पत्नी के रूप में तो शायद वह बहुत पहले ही हार गई थी। क्या आज एक माँ के रूप में भी वह हार जाएगी?

"नहीं", उसकी अंतरात्मा चीखी और अपनी सारी सोई हुई शक्ति इकट्ठा करके असलम को उसने धक्का मार दिया। इससे पहले कि असलम सँभल पाता, पूजा ने उसे बेतहाशा मारना शुरू कर दिया।

"अरे, तुझसे अच्छा तो वह कसाई है, जो पशुओं को मारता है। तुमने तो अपनी आत्मा के साथ-साथ अपनी खुद की औलाद को भी सूली पर टाँग दिया। आज मैं तुझे जिंदा नहीं छोड़ूँगी।" नशे ने असलम को काफी कमजोर और पंगु बना दिया था। लड़ पाने की क्षमता और

विवेक, दोनों ही शून्य हो गए थे। पूजा उसे कब तक पीटती रही, वह नहीं जान पाई। उसमें कहाँ से इतनी शक्ति आ गई, उसको इसका भी एहसास न रहा। उधर, बंटी पलंग के नीचे छुपकर ये तमाशा देख रही थी। पहले-पहल तो इस तरह का हादसा देख उसकी आँखों में आँसू आ जाते थे, पर अब वह भी सूख गए थे और वह सूनी आँखों से ये नजारा देख रही थी। इस नन्ही उम्र में भविष्य का अकेलापन दहशत बनकर उसकी आँखों में उभर आया था। पूजा बदहवास-सी उठी और कमरे का दरवाजा खोलकर बाहर आ गई। तीनों मित्र नशे की हालत में लापरवाह से खड़े थे। एकाएक घटित घटनाक्रम ने उनको अचंभित कर दिया था। धीरे-धीरे पर हिम्मत से आगे बढ़कर पूजा ने अपनी खून से सनी साड़ी को खोलना शुरू किया। "तुम लोगों को सिर्फ इंसानी गोश्त की जरूरत है। बहशी हो तुम लोग। जाहिल और जंगली। लो, जितना लेना है, ले लो और इस घर को बख्शो।" वह बदहवास चीखे जा रही थी और वे तीनों उसको पहले तो देखते रहे, फिर तुरंत सबकुछ छोड़-छाड़कर भाग खड़े हुए।

"अरे कुत्तो! मेरी बोटी-बोटी खा लो। अगर उससे तुम्हारी वासना की आग शांत हो जाए, तो खा लो पर...मेरी बेटी...उसको छोड़ दो।" और उसको पता ही नहीं चला कि वह कब बेहोश हो गई।

थोड़ी देर में पुलिस अपनी तहकीकात करने के लिए आई। शायद आस-पड़ोस से पुलिस तक यह खबर पहुँच गई थी कि इस घर में कुछ बड़ा हादसा हो चुका है।

शराब की खुली आधी बोतलें एक तरफ पड़ी हुई थीं। सिगरेट भी जलकर समाप्ति की ओर थी। रसोईघर से पके हुए मांस की गंध हवा में और मादकता घोल रही थी। दरोगा पूजा को एक तरफ धकेलते हुए आगे बढ़ा और दूसरे कमरे में पहुँच कर असलम की लाश का मुआयना करने लगा।

"च्च च्च, बेचारा अपनी करतूतों से मारा गया। चलो, कमाई का

साधन जन्नत को रुखसत हुआ।'' फिर बंटी को पलंग के नीचे छुपी देख उसकी आँखों में जैसे आग-सी चमक आ गई। उन आँखों की ज्वाला में बंटी जलने लगी। एकबारगी उसका मन किया कि माँ को चीखकर आवाज दे, पर घुटी-घुटी चीख अंदर तक ही कहीं गहरे में दब गई।

''आ जा बेटा! बाहर आ जा।'' दरोगा के स्वर में चाशनी की-सी मिठास थी।

''आ जा-आ जा। अरे! तेरा बाप दोजख को गया होगा, पर तू उसके अधूरे सपनों को पूरा कर उसे जन्नत नसीब कराएगी। अरे, औलाद को इसीलिए माता-पिता जन्मते हैं कि वह माँ-बाप का अधूरा सपना पूरा करे। अपने पितृ ऋण से मुक्त हो जा।'' और दरोगा ने बंटी के बाल पकड़कर घसीटते हुए बाहर निकालते हुए कहा, ''साली, रूप तो जैसे सोने से तपकर आया है और उसको उघाड़ती फिरती है। बाप तो ऐयाश था और माँ खूनी। अरे, कहाँ जाएगी? हमारी शरण में आ जा, तेरी जिंदगी आबाद कर देंगे।'' और नए शिकार पर दारोगा बेतहाशा हँसे जा रहा था। शराब थी, कबाब था और नया शबाब था। अपने सिपाहियों को उसने हुक्म दिया। ''जाओ, लाश को मुर्दाघर में चीर-फाड़ के लिए डाल दो। जैसा कर्म करेगा, वैसा ही भरेगा। और माँ के ऊपर दफा 302 ताजिराते हिंद खून का मुकदमा दर्ज करो। और हाँ, इतना ध्यान रखना आज की रात हमें कोई भी डिसटर्ब न करे।'' और सबको बाहर कर अंदर से उसने कसकर घर का दरवाजा बंद कर लिया।

बेहोश पूजा को गाड़ी में लाद दिया गया। वैसे भी अब होश आता भी तो क्या फायदा था? आदमी घर के दुश्मन से तो लड़ सकता है, अपने अंदर छुपे शैतान का भी खात्मा कर सकता है, पर बाह्य समाज में फैले हुए कसाई व्यक्तियों से, जिनकी मनोवृत्ति पाशविक है, चाह कर भी छुटकारा नहीं पा सकता।

□

जुर्म

सामने ब्रिटिश के जमाने का चर्च खड़ा था, लाल ईंटों से बना हुआ और बेहद विशाल। उस समय इतनी आबादी नहीं थी कि जितनी भी चाहो जगह घेर लो और खड़ी कर दो बड़ी-बड़ी इमारतें। अब कोई कर पाए तो जानें। खैर, जॉन को इमारतों का क्या करना? उसको ईश्वर से भी क्या करना? उसको कुछ पता नहीं था, पर इतना जरूर पता था कि उसकी आत्मा पर बड़ा भारी बोझ था और इससे वह हर हाल में निजात पाना चाहता था। अगर नहीं पाएगा तो या तो वह बीमार पड़ जाएगा नहीं तो पागल हो जाएगा। उसको कहीं जाकर अपने दिल का बोझ उतारना ही था। वह फादर के पास कन्फेशन के लिए जा रहा था। इससे उसको एहसास था कि उसकी आत्मा पर पड़ा हुआ बोझ यकीकन उतर जाएगा। अगर नहीं भी उतरा तो भी फादर से बात करके जी हल्का जरूर हो जाएगा। ऐसा नहीं था कि वह बेहद आस्तिक था, पर ऐसा भी नहीं था कि वह नास्तिक था। ईश्वर को जरूरत पड़ने पर याद कर ही लेता था।

पूरा चर्च शांत पड़ा था। एकबारगी उसका मन हुआ कि वापस चले, पर फिर डगमगाते हुए कदमों को दृढ इच्छा-शक्ति की बदौलत वह अंदर ले ही आया। उसका मन जितना अशांत था, चर्च के अंदर उतनी ही शांति थी। एकाध बार तो यह शांति नीरवता का भ्रम करा गई, पर नहीं। यह पसरी हुई शांति अंदर तक आत्मा पर उभर आए जख्मों पर मरहम का काम कर रही थी।

'हाँ! यहाँ जरूर वह अपने को सँभाल पाएगा।' यह सोचकर वह

बेंच पर आकर बैठ गया और उसने सर झुका लिया। फादर अभी आराम कर रहे थे। वह उनके उठकर, तैयार होकर आने तक बेंच पर बैठ गया। उसको अपनी पत्नी पर भी क्रोध आ रहा था। वह उसके साथ कैसे इतनी बड़ी गद्दारी कर गई? उसने क्या नहीं किया अपनी पत्नी के लिए और वह उसको धोखा देने की कगार पर थी।

वह काफी देर तक चर्च की बेंच पर बैठा रहा और ऊपर क्राइस्ट की मूर्ति को देखता रहा। क्राइस्ट और मदर मेरी के चेहरे पर अपूर्व शांति थी। ऐसी शांति उसके जीवन में क्यों नहीं आ सकती? वह अपना सिर अपने हाथों के ऊपर टिकाकर बैठ गया। वह कितनी देर तक बैठा रहा, उसको इसका ध्यान ही न रहा। तंद्रा तब टूटी, जब फादर जोसफ आकर कन्फेशन रूम के पीछे खड़े हो गए।

''हाँ बालक, आओ। ईश्वर की शरण में आओ और तुम्हारी आत्मा पर जो भी बोझ है, उसे हल्का कर दो, क्योंकि आत्मा पर पड़ा हुआ बोझ उस भारी पत्थर की तरह होता है, जो दिमाग पर अपनी जड़ें जमाकर जीवन के समस्त मार्ग अवरुद्ध कर देता है। जिस तरह से कोई पत्थर पेड़ की जड़ों पर जमकर उसकी वृद्धि को अवरुद्ध कर देता है, वैसे ही यह बोझ है जो सोच की प्रक्रिया को ही खत्म कर देता है। जीवन एक निश्चल प्रवाह है। सोच की प्रक्रिया इसको जटिल बनाती है। आओ बालक! ईश्वर की शरण में आओ।''

जॉन धीरे-से उठा और फादर की शरण में जाकर बैठ गया। उसकी आँखें नम थी।

''हाँ, बोलो बालक! क्या हुआ?''

''फादर! मैं इस स्थिति के बारे में जितना सोचता हूँ, उतना ही फँसता जाता हूँ। इससे उबरने का कोई रास्ता नजर नहीं आता।''

''क्या स्थिति है, बालक?''

''मेरी पत्नी ने मेरे साथ धोखा किया है फादर, धोखा। उसने शादी में दिए हुए वचनों को भंग किया है, फादर।''

''ठीक-ठीक बोलो, क्या कहना चाहते हो? जब पूरी बात समझ में आ जाएगी तो मैं तुम्हारी पत्नी को बुलाकर पाप का भागी बनाऊँगा और प्रायश्चित्त करवाऊँगा।''

''हाँ फादर! उसे इसकी जरूरत है। वह मेरे को छोड़कर जा रही थी। वह छली है, वह कपटी है।''

सामने बैठे व्यक्ति का दु:ख देखकर फादर को भी तकलीफ हुई। ऐसी कैसी औरत है, जो अपने पति को छोड़कर किसी गैर मर्द के साथ जाना चाहती है? सचमुच उससे गलती हुई है। फादर को सामने बैठे व्यक्ति के जज्बाती हालात पर तरस आ गया। वे अपने शब्दों के माध्यम से उसके अंदर उभर रही पीड़ा को बहा देना चाहते थे।

''फादर! उसने मेरे साथ ऐसा क्यों किया, फादर? मैं आत्महत्या कर लूँगा। कभी-कभी लगता है कि गलती सिर्फ मेरी थी और यह विचार मेरे को और पीड़ा दे जाता है।''

''कैसी गलती, बेटा?''

''फादर! न मैं अपने मित्र को घर में स्थान देता और न मेरी जिंदगी में यह बवंडर मचता। सिर्फ गलती मेरी है, फादर।''

फादर उसकी उपजी पीड़ा को मौन स्वीकृति दे रहे थे और कोई कर भी क्या सकता है? दु:ख और कष्ट ऐसे अनुभव हैं, जो व्यक्ति विशेष की व्यक्तिगत क्षति हैं। इस क्षति की भरपाई बाहर से हो पाना असंभव है। दु:ख में सिर्फ अपनों का एहसास संबल दे पाता है और यहाँ फादर खड़े होकर उसकी पीड़ा को सुनकर उसको आत्मिक संबल दे रहे थे।

''फादर! मेरा दोस्त, मेरा मित्र राजीव मेरा छोटा भाई सदृश बनकर मेरे घर आने लगा। अंत तक यह एहसास नहीं हो पाया कि वह ऐसा खेल खेल रहा है। वह नित्य प्रतिदिन आता था। यदा-कदा भोजन भी मेरे यहाँ करता था और इस क्रम में भी कभी मैंने यह महसूस न किया कि वह मेरी पत्नी की तरफ आकर्षित है। आकर्षित होने तक ही बात सीमित रहती फादर, तो भी बरदाश्त कर पाना असंभव न था, पर बात तो काफी आगे

तक बढ़ गई थी। अब डांस पार्टी में वह मेरी पत्नी के साथ डांस करता था। फादर, सबको पता था कि दोनों के बीच में गुप-चुप कोई बात है! सिर्फ मैं ही कैसे उससे अछूता रह गया? मेरी आँखें ही कैसे मेरे सामने हो रही घटनाक्रम से अछूती रह गईं?'' और वह रो-रोकर अपनी छाती को पीटने लगा। वास्तव में, किसी अपने की गद्दारी बहुत अंदर तक पीड़ा दे जाती है। बाहर के दुश्मन को तो झेलना आसान है, पर घर के नहीं।

''हाँ पुत्र, इश्क और मुश्क ऐसे हैं कि छुपाए नहीं छुपते। फिर इश्क की खबर भी तो सबसे पहले बाहरवालों को होती है। घरवाले तो अक्सर इससे अनजान रहते हैं। वे तो शायद जानकर भी अनजान बने रहना चाहते हैं। इसके लिए अपने को मत धिक्कारो। इसमें तुम्हारी कोई गलती नहीं है।''

''हाँ जानता हूँ, फादर कि ये मेरी गलती नहीं है, पर जो मेरी गलती है उससे मैं उबर ही नहीं पा रहा हूँ। रह-रहकर अपने को दोषी मान रहा हूँ?''

''फिर क्या हुआ? वह तुम्हें छोड़कर उसके साथ चली गई?''

''नहीं, फादर! अगर वह चली जाती तो इतना दुःख न होता।''

''फिर?''

''वह नहीं गई, बल्कि जब उसने पूरी बात स्वीकार की तो मैंने यहाँ तक पेशकश की कि चलो मैं तुम्हें चलकर उसके पास छोड़ आता हूँ, पर वह नहीं गई।''

''उसने ऐसा क्यों किया? जब वह तुमसे प्रेम नहीं करती तो उसको चले जाना चाहिए था। यह तो दो व्यक्तियों को अँधेरे में रखने की बात है।''

''हाँ, फादर! मैंने भी उससे यही कहा।''

''हाँ, बेटे! तुम ईश्वर के नेक बंदे लग रहे हो। तुम्हारे जैसे लोगों के ही कारण दुनिया चल रही है। नहीं तो इस युग में ईश्वर द्वारा दिखाए गए सच्चे रास्ते को सब भूल गए हैं। ईश्वर तुम्हारी मदद करेगा।''

"हाँ, फादर! फिर मेरे साथ ऐसा क्यों हुआ इतना बड़ा अन्याय?"

"बेटा, सब उसकी इच्छा पर चलता है। वही जाने। फिर तुम्हारे मन पर क्या बोझ है? तुमने उसको कबूल कर लिया। वह तुम्हारे साथ रहना चाहती है। फिर तुम्हारे मन पर कैसा पाप का बोझ है?"

जॉन काफी देर तक सोच में डूबा रहा। उसकी आँखें अतीत के गहरे कुएँ से काफी जल खींचकर लाना चाहती थीं।

"फादर! मैं जब भी याद करता हूँ कि वह मेरे सामने राजीव के साथ ऐसा व्यवहार कर रही थी तो मन वितृष्णा से भर जाता है। वह एक बार मेरे और राजीव के साथ बाजार खरीदारी करने गई। साथ में बच्चे भी थे। वह मेरे सामने राजीव के लिए स्वेटर खरीद रही थी। मैंने उसकी आँखों में वह सब पढ़ लिया था, जो मेरे प्रति कभी उसका नहीं रहा। वह संसार, जो उसकी आँखों में सिमट आया था, उसमें मैं कहीं नहीं था।"

फादर उसकी अबूझ-सी बातें सुनते रहे। जैसे-जैसे जॉन आगे बढ़ता जा रहा था और जिंदगी के एक-एक पन्ने को खोलता जा रहा था, वैसे-वैसे उसकी भावनाएँ शुद्ध जल-सी छिटककर बाहर आ रही थीं और उसके जीवन की अबूझ पहेली सुलझती जा रही थी। फादर को यह एक सीधा-साधा विवाहेतर संबंध का मामला लग रहा था जिसके कारण जॉन की भावनाओं को कहीं काफी गहरे तक ठेस लगी थी। उससे उबरने में वक्त लगेगा। वक्त अपने आप में सबसे बड़ा मरहम है। इस बंदे को वही चाहिए था। बात को आगे बढ़ाते हुए फादर बोले,

"तो उस शख्स का नाम राजीव था?"

"हाँ, फादर! राजीव। मेरा परम मित्र। उसने भी मेरे साथ ऐसा किया। वह तो समझा सकता था मेरी पत्नी को। अगर मेरी पत्नी गलती कर रही थी तो वह तो समझदार था। जब मेरी पत्नी उसके लिए कविताएँ लिखती थी तो वह क्यों नहीं उसको मना करता था? मैंने ऐसा मित्र क्यों बनाया जो इस हद तक जा सकता था?"

फादर ने भी समर्थन किया।

"हाँ, जॉन! इसीलिए कहा गया है कि दोस्ती सोचकर करनी चाहिए। ऐसा दोस्त हो जो मददगार हो सके, न कि ऐसा जो पीठ में छुरा घोंपे।"

"हाँ, फादर! मैंने दोस्त पहचानने में गलती की। उसी का खामियाजा आज भुगत रहा हूँ। मेरा दोस्त एक लंबा तंदुरुस्त, खुशनुमा इनसान था। बेहद बातूनी और सबका मन लगानेवाला और अंत तक मेरे को यही इल्म था कि मेरा हित चाहनेवाला है। फिर भी वह ऐसा कर गया।"

अब फादर का भी संयम थोड़ा-थोड़ा जवाब देने लगा था। जॉन घूम-फिरकर अपनी बातें इधर-से-उधर रख रहा था। शाम की प्रार्थना का वक्त हो रहा था। लोग भी मिलने के लिए आने लगेंगे। शाम को प्रार्थना के बाद फादर अपना थोड़ा-सा वक्त चर्च के पीछे बने अस्पताल में बिताते थे। कोढ़ियों की सेवा करने में उनको आनंद आता था। वैसे भी शरीर का कोढ़ तो शरीर को गला देता है, पर मन का कोढ़ तो धीरे-धीरे आत्मा को खाकर जीवन को ही रस विहीन कर देता है। और यही सामने बैठे जॉन की स्थिति देखकर लग रहा था। वह ईश्वर का बंदा कहीं अंदर तक टूट चुका था।

अँधेरा घिरने को आ रहा था। लोग आकर जा चुके थे, पर वह सिर झुकाए बैठा रहा। चर्च बंद करने का वक्त हो चला था। रात के प्रथम पहर की घंटी चर्च के बाहर सुनाई पड़ रही थी। उसकी आवाज नीरवता को तोड़ती अंदर आ रही थी। वह बैठा रहा। रोशनी में बाहर जाने का साहस वह जुटा नहीं पा रहा था।

पर अपने अन्य कार्यों को देखते हुए फादर के पास भी वक्त नहीं था। अत: वे जॉन से बोले,

"हाँ, जॉन! पर तुम्हारी समस्या क्या है? तुम अपनी पत्नी को छोड़ना नहीं चाहते? फिर तो माफ करके जीवन की नई शुरुआत करना ज्यादा बेहतर है। तुमने तो कोई पाप नहीं किया। फिर तो इस आत्मा को इतना अशांत होना नहीं चाहिए।"

''किया है फादर, किया है।'' और अब जॉन की आँखों से आँसू निकलने लगे। वह ऊपर बनी क्राइस्ट की मूर्ति को देखकर शक्ति का प्रवाह अपने अंदर महसूस करना चाहता था। इस समय वह अंदर से अपने को बेहद कमजोर और टूटा हुआ इनसान महसूस कर रहा था। उसकी आत्मा ने उसको जैसे धिक्कारना शुरू किया। एकबारगी तो फादर भी घबरा गए।

''क्या हुआ, बेटा? कहीं तुमने अपनी पत्नी और मित्र का खून तो नहीं कर दिया?''

''नहीं, फादर! अगर मैं इस कांड में निर्दोष होता तो शायद उसका खून कर देता, पर फादर मैं भी तो दोषी हूँ। मैंने भी तो पाप किया है।'' और अब तक उसकी आवाज जो घुटी हुई थी, चीख उठी, ''मैंने भी जुर्म किया है। अपने मित्र की पत्नी से प्रेम करने का जुर्म किया है। अगर मैं उससे प्रेम नहीं करता तो शायद मित्र को अपने घर में इतना अधिक घुसने नहीं देता। मैं ही पापी हूँ। मैं किस मुँह से अपनी पत्नी को दोषी मानता? उसका कसूर ही क्या है? मैंने अपने संबंधों को बढ़ाने के लिए पूरे प्रकरण की अनदेखी कर दी। मैं भी वासना की आग में जल रहा था और उस आग ने मेरे पूरे मानस-पटल, पूरे सोच को जलाकर ध्वस्त कर दिया था। मैं भूल गया कि मेरा व्यवहार अनाचार से युक्त है। और उस अनाचार के नीचे पनप रहे शुद्ध प्रेम को मैं नहीं देख पाया। फादर, मैं ही पापी हूँ। मेरा जुर्म संगीन है। मेरी जो भी सजा हो, मुझे दीजिए। मैं भोगने के लिए तैयार हूँ।''

फादर इस नई उपजी हुई, तहल्का मचा देनेवाली खबर से थोड़े बिखर गए। ऐसा भी हो सकता है, उन्होंने सोचा ही न था। दो परिवार इस कदर आपस में जुड़ जाएँगे, वह भी विवाह के इतने वर्ष बाद, यह खबर विस्फोटक थी। फिर भी, उस बंदे जो उनके सामने अपने जुर्म का इकबाल कर रहा था, के लिए, कोई सजा तो मुकर्रर करनी थी। ऐसी समस्या उनके सम्मुख पहली बार आई थी।

वह बोले, ''जॉन! मेरी राय में तुम दोनों परिवार आपस में संबंध-

विच्छेद कर लो, वही बेहतर है और सबके हित में भी। पूरी घटना को भूलने का प्रयत्न करके नए सिरे से जिंदगी की शुरुआत करो।''

''हाँ, फादर! आपका कहना सही है। इसीलिए मैंने अपने मित्र से संबंध-विच्छेद कर लिया है। उसको उसकी गलती बताकर मैंने अपने घर आने-जाने, फोन से बात करने और अपनी पत्नी का उससे मिलने-जुलने पर पाबंदी लगा दी है। मैं इस बात का पूरा-पूरा ख्याल रखता हूँ कि मेरी पत्नी पर इतना मानसिक दबाव बना रहे कि वह सपने में भी इस रिश्ते की तरफ न देख पाए। आखिर शादी के वायदे किए हैं उसने मुझसे। वह कैसे इस बात को भूल सकती है? कैसे वह सामाजिक दायरे से बाहर जा सकती है? सामाजिक मान्यताएँ तो उसको निभानी ही पड़ेंगी। नहीं तो मैं उसको छोड़ दूँगा।''

''गुड। अब तुमने कायदे की बात की। भगवान् तुम्हारी जोड़ी सलामत रखे।'' और फादर राहत की साँस लेते हुए अंदर जाने के लिए मुड़ गए, पर जॉन काफी देर उसी कन्फेशन बेंच के समीप बैठा रहा। फिर धीरे-से क्राइस्ट की फोटो हाथ में लेकर माथे से लगाया। होंठों से चूमा और धीरे से बुदबुदाया, ''हे ईश्वर! परम पिता परमेश्वर! मैं लता को नहीं भूल सकता। अभी कल ही तो उसका फोन आया था। वह बोली कि इस जीवन में वह मेरे से अगर प्रेम नहीं कर सकती तो नफरत भी नहीं करेगी। मुझे वह कभी भी नहीं भुला सकती। क्राइस्ट! मेरा प्यार सच्चा है। मुझको माफ करना। मैं पुरुष हूँ। मैं सामाजिक मान्यताओं से ऊपर हूँ। मैं अपने प्रेम के प्रति सच्चा हूँ। मैं पति धर्म का भी पालन करूँगा और प्रेम के प्रति वफादारी भी। लता मेरे बच्चे की माँ बननेवाली है। इस बात को मैं कैसे भूल सकता हूँ, क्राइस्ट, कैसे?'' और वह बेंच पर बैठा रहा। कब तक, उसको इसका भी ध्यान न रहा।

□

वो सात दिन

वो सात दिन बेहद कष्टप्रद बीते थे। स्थितियाँ ही कुछ ऐसी थीं। आखिरकार निशा का पेट एकाएक दस इंच फूल आया था। पहले पहल तो बच्चों को, खासतौर पर बहुओं को लगा कि गैस होगी, पर जब रात भर के दर्द और तकलीफ के बाद भी कोई फायदा न हुआ तो सबकी चिंता बढ़ गई।

चिंता का विषय बीमारी न था, इलाज था। अरे! पचहत्तर साल की विधवा अगर मर भी जाए तो कौन सा पहाड़ टूट पड़ेगा। पर मूल चिंता का विषय इलाज में होने वाला खर्च था। बड़े बेटे को फोन किया था और सब उसके आने के इंतजार में थे।

इंतजार का वक्त लंबा और कठिन होता है। मानो कहता ही नहीं और बाकी दोनों बच्चों को भी नहीं कहा। भाई को आना न था, मानो शायद बहाना बनाकर न आया। सृष्टि का नियम है कि माँ चाहे कितने भी बच्चों की गू-मूत साफ कर ले, पर एक भी बच्चा बीमार माँ को एक दिन भी बिस्तर पर बरदाश्त न कर सकेगा।

बाकी दोनों बेटों ने भी इलाज करा पाने में असमर्थता जताई। इन दोनों के आगे तो पैसे की लाचारी थी। होनी भी थी। पिछले कुछेक वर्षों से व्यवसाय में लगातार घाटा हो रहा था और घर में वाकई पैसे की किल्लत थी। जब पैसा ही नहीं तो इलाज कैसे? पर मामला माँ का था और उससे भी अधिक समाज में बदनामी का कि लोग क्या कहेंगे?

खैर, नालायक लड़कों को समाज का खासा भय नहीं होता, पर

इन लड़कों को अपनी बड़ी बहन का भय था। वह क्या सोचेगी, अगर माँ को कुछ हो गया। कहेगी, कम-से-कम मुझे तो सूचित कर देते, क्या मैं माँ को नहीं सँभाल लेती। और इन लड़कों ने भी कर्तव्य की इतिश्री कर ली बहन को सूचना देकर।

बहन आई और घर के हालातों के मद्देनजर अपनी माँ को अपने साथ ले गई। आखिर बेटे-बेटी में फर्क क्या है, फिर माँ की तो आँखे ही नहीं खुल रही थीं, जो प्रतिकार करती। कौन बेटी के यहाँ जाकर मरना पसंद करता है! पति की मृत्यु के बाद तो माँ ने अपना जीवन घर की चहारदीवारी के भीतर ही समेट लिया था। जब जीवनसाथी ही न रहा तो जीने की अदम्य लालसा भी मद्धिम पड़ने लगी थी।

बेटी ने अपनी माँ को ले जाकर एक अलग कमरे में आराम से लिटा दिया और अपना स्थान स्वयं उसकी बगल में बना लिया। माँ की हालत चिंताजनक थी और एक छोटा सा बोरा बनी वह बिस्तर पर पड़ी थी। घर पहुँचते ही बेटी का बेटा अमित डॉक्टर को बुला लाया था। डॉक्टर ने आकर माँ को देखकर मुआयना किया और चलते-चलते हिदायत दे गया, बहत्तर घंटे अति मत्त्वपूर्ण हैं, पर कम-से-कम सात दिन तक इनकी ठीक से देखभाल बेहद जरूरी है। पलकों की छाया तले इनकी ठीक से सेवा कीजिए। आगे तो जीवन ईश्वर के हाथ में है।

बेटी अनीता ने अपनी माँ की बगल सिरहाने अपना भी बिछावन बिछा लिया। माँ के माथे पर छलक आए पसीने की बूँदों को साफ कर दिया। धीरे से माँ की आँखों को चूमा। उसकी अपनी आँखों की कोरों से बूँदें धलककर माँ के माथे पर गिर गईं। उसने उन बूँदों को वैसे ही रहने दिया।

बेटे ने धीरे से आकर दवाइयाँ माँ की बगल में रख दीं। पीलीवाली एक-एक गोली तीन घंटे पर और लाल पत्ते की दिन में दो बार। अभी सुई का असर है, रात भर नानी सोती रहेंगी। सुबह फिर कंपाउंडर आकर

सुई लगा देगा। रात भर में नानी को आराम मिल जाना चाहिए। सुबह अल्ट्रासाउंड कराके पता चल जाएगा कि पेट में पानी क्यों भरा है। तब तक इन्हें आराम से सोने दो। अगर कोई जरूरत हो तो मुझे लठा लेना।''

''बेटा, एक बार बड़े मामा का फोन कर दो। नहीं तो अगर माँ को कुछ हो गया तो फिर यही कहेंगे कि हम लोगों ने मिलकर नानी को मार डाला और उनको सूचित न किया।''

''आप भी न माँ। पापा ने डॉक्टर के जाने के बाद पूरी सूचना मामा को दे दी है और आग्रह भी किया है कि अगर वे सुबह जा जाएँ, तो कोई भी निर्णय लेने में आसानी होगी, क्योंकि डॉक्टर कह रहे थे कि अगर दवाइयों से सूजन नहीं घटेगी और पेट का पानी कम नहीं होगा तो फिर सुई लगाकर पानी निकालना पड़ेगा। हो सकता है, नानी रात भर बिस्तर गीला करती रहें ध्यान रखना।''

माँ ने धीरे से सिर हिला दिया। आँखें बंद कर लो। बेटा भी धीरे से दरवाजा बंद करके बाहर चला गया। पर अनीता ने आँखें बंद रखीं। वह आँसुओं को काफी देर अपने अंदर समेटरकर रखे रही, पर जब उफान कम न हुआ तो बेहद वेग से बाहर निकल आए। माँ की इस दुर्गति की तो उसने कल्पना भी न की थी। भाई ऐसे नकारा निकलेंगे, किसको उम्मीद थी। कहाँ गलती हो गई, अभी ठीक से वह निर्णय भी नहीं ले पाई थी कि माँ ने बिस्तर गीला कर दिया।

उसने धीरे से चादर बदली। माँ के कपड़े बदलने में काफी जद्दोजहद का सामना करना पड़ा। पर उसने माँ के नीचे बच्चोंवाला प्लास्टिक डाल दिया और माँ को गाउन पहना दिया। गाउन के ऊपर चादर डालकर वह उनका हाथ पकड़ बगल में बैठ गई।

माँ पूरे होशोहवाश में थीं। पर बेहद घबराई हुई। शायद संभावित मृत्यु की स्थिति ने उनके अंदर भय पैदा कर दिया था।

''मैं मरना नहीं चाहती'' अनीता, ये शब्द बेहद धीमे से कहे गए थे, पर अच्छे से कमरे में गूँज रहे थे।

''नहीं माँ, हम आपको मरने नहीं देंगे।''

माँ ने धीरे से सिर हिलाया। फिर कुछ बुदबुदाई। शायद 'दिलीप' का नाम लिया था। दिलीप अनीता का बड़ा भाई था।

''हाँ, खबर कर दी है। कल सुबह तक आ जाएगा।'' माँ ने फिर कुछ बुदबुदाया, जो अनीता को समझ में न आया। माँ ने धीरे से आँखें बंद कर लीं। थोड़ी देर तो अनीता को लगा, जैसे माँ आखें बंद कर लेटी हों, पर नहीं वे सो गई थीं। दवाइयों का असर था। अनीता की आँखों से नींद कोसों दूर थी। भय और दुःख का मिला-जुला घुमड़ता हुआ संसार था। ऐसे में नींद कहाँ आती। वह माँ का हथ पकड़कर बैठ गई। माँ के हाथ में थोड़ी सी हलचल हुई, फिर सब शांत। पूरी रात अनीता वैसे ही बैठी रही। कब उसकी आँख लग गई उसको ज्ञात न हुआ। ज्ञात तो उसे तब हुआ, जब सुबह बेटे ने आकर उठाया।

''माँ, कंपाउंडर आया है, उठो।'' अनीता हड़बड़ाकर उठी। एक गलती का भाव मन में जाग उठा। 'अरे! आँख कैसे लग गई! कहीं माँ ने किसी जरूरत के लिए पुकारा हो और मैं जवाब न दे पाई हूँ' नजरों में जैसे चोरी का भाव था। पर माँ भी निश्‍िचता से सो रही थीं। थोड़ी राहत मिली।

माँ के पेट की सूजन भी थोड़ी कम थी। कंपाउंडर ने इंजेक्शन दे दिया। बेटा नानी को अल्ट्रासाउंड कराने के लिए ले जाने लगा।

''नहीं बेटा, तुम मत जाओ। पापा जाकर दिखा आएँगे। तुम जाओगे तो मामा लोग समझेंगे कि बेगार टाल दिया। पापा की बात और है।''

और अपनी माँ को पति के साथ भेज थोड़ी निश्‍िंचत हुई।

अल्ट्रासाउंड की रिपोर्ट भी शाम तक आ गई थी। 'लीवर सिरोसिज थी। संयम बरतना था, कोई तुरंत चिंता की बात न थी पर बीमारी तो थोड़ी खतरेवाली थी।

अनीता ने फोन कर तीनों भाइयों को सूचित कर दिया।

बड़ी भाभी का तो दो टूक उत्तर था, ''जब आप सबकुछ कर रही

हैं तो हमारी जरूरत ही कहाँ है ?''

पर जरूरत माँ की आँखों में महसूस हो गई थी। उनमें न चाहते हुए भी बेटों के लिए उम्मीद की एक किरण बाकी थी। वे सिर्फ इतना कह पाईं, ''अनीता, देखना, दिलीप जरूर आएगा। उसको ठीक से फोन करके बता दो।''

और अनीता भी रोज ठीक से फोन करके अपने भाइयों को बता दे दी थी।

सात दिन और सात रातें उसने माँ के आँचल के साये तले काटीं। कोई दिन ऐसा न बीता होगा, जब माँ बेटों को याद कर रोई न हों। पर अनीता ने उनकी सेवा में कोई कसर न छोड़ी थी। पूरी-पूरी रात सिर्फ पलकों में ही कट गई।

सातवें दिन माँ के स्वास्थ्य में पहले से काफी सुधार था। बीचवाला भाई माँ को लेने आनेवाला था। माँ सुबह से ही प्रफुल्लित थीं। होती भी क्यों न! वह वापस अपने घर जो जा रही थीं। दोपहर होते-होते भाई आ गया। आते ही उसने माँ के हाथ को मुलायमियत से सहलाना शुरू किया।

''बेटा, ठीक हो!'' इससे पहले कि बेटा माँ से पूछता, माँ ने ही प्रश्न दाग दिया, '' और घर में बच्चे''' सबकी बहुत याद आई। और सविता!''

''माँ सब ठीक हैं।''

भइया आए थे।

''नहीं, भइया आए,

तो नहीं पर उन्हें ठीक से खबर हो जाती तो जरूर आते।''

''शायद स्वस्ति आई होगी अपने ससुराल से। अब उनको छोड़कर कैसे आते!''

अनीता ने माँ का सब सामान बाँधकर अपने छोटे भाई को पकड़ा दिया और साथ में इलाज के सारे कागज।

दिलीप से काफी संपर्क साधने की कोशिश की, शायद उसे व्यर्थ।

शायद उसे डर हो कि माँ के इलाज में अच्छी-खासी रकम लगेगी।

"नहीं बेटा, दिलीप ऐसा नहीं है। पिता के इलाज और मरनी-करनी में उसने ऐसे ही थोड़े न बीस हजार रुपए फूँक दिए थे। किसी कारण से वह फँस गया होगा।" अनीता चुप रही। पुत्रमोह से माँ ग्रस्त थीं। अगर इतना मोह न किया होता तो आज उनकी ऐसी दुर्दशा न होती। सबकुछ पुत्रों को दे दिया। खुद दीन-हीन बनी घूम रही थीं। पर शायद यही संसार का नियम है और बुढ़ापे में हर माता-पिता ऐसे ही पुत्रों के सामने लाचारगी का अनुभव करते हैं।

चलते वक्त अनीता और उसकी माँ की आँखें मिलीं। उनमें कहीं-न-कहीं शार्मिंदगी का भाव था। माँ को यों ही अनीता के यहाँ पड़े रहना कतई न सुहाया था, पर करतीं भी तो क्या! जब जिंदगी अपने बस में नहीं होती तो इनसान को सबकुछ सहना पड़ता है और हालात के आगे हथियार डाल देना पड़ता हैं। जब तक जोरे पुस्त इनसान होता है, तब तक सबसे लड़ता फिरता है।

माँ ने धीरे अपने बेटे के कान में कुछ कहा, बेटे ने जेब में हाथ डाला। थोड़ा टटोला, पर खास कुछ न निकला। माँ ने धीरे से अपनी अँगूठी निकालकर बेटी के हाथ में रख दी।

"यह किसलिए सिद्धार्थ ?"

"दीदी, माँ कह रही हं किै इलाज में जो खर्च हुआ है।"

"इलाज में खर्च", अनीता के नीचे से तो जैसे धरती ही खिसक गई। तो इससे पहले कि अनीता प्रतिकार कर पाती, सिद्धार्थ रिक्शे में बैठाकर माँ को से आगे बढ़ गया।

वह अँगूठी अनीता के हाथ से जमीन पर गिर पड़ी और उसकी चीख गले में ही घूट गई।

"माँ, बीमारी के इलाज का तो आपने मुआवजा दे दिया, पर उन सात रातों की कीमत देना आप भूल गईं, जो आपकी सेवा में मैंने व्यतीत किए थे। ओह! वो सात दिन!"

हाँ, वे सात रातें तो बिना अदयगी के आज भी बेटी का भाग्य बनकर उसके अस्तित्व पर एक प्रश्नचिह्न लगा देती है।

शायद माँ बोली हों, ''बेटा! तुम्हारा खाकर नरक में भी जगह नहीं मिलेगी। काहे मेरे ऊपर एहसान लाद रही हो।''

□

मकान

जीवन में अनंत सपने होते हैं। कुछ आधे, कुछ अधूरे। जीवन के अंत तक सपना था कि वे एक मकान बना पाते। हर इनसान का एक ख्वाब होता है। उनके प्राण बसते थे—एक मकान में।

सही भी है, क्योंकि एक छत के बगैर जिंदगी भी कोई जिंदगी है! सभी चाहते हैं कि रोटी, कपड़ा और मकान, जीवन के हैं ये तीन काम। रोटी, कपड़ा के जुगाड़ में तो पूरी जिंदगी कोई दिक्कत न हुई, पर मकान का सपना सपना-सा ही प्रतीत होकर अंत तक रह गया। तीन पुत्र पर कहीं चार पुत्रवधुएँ! आज के समय में इसकी बात भी कहीं हो सकती है। पर बहुएँ मार डाली जाती हैं और नई आ जाती हैं पर ऐसा बहुत कम होता है। ज्यादातर बहुएँ तो प्रताड़ित होते-होते ही जिंदगी बिता देती हैं, क्योंकि उनकी सासु माताएँ उनका साँस लेना दुर्भर कर देती हैं।

ऐसी ही थीं हमारी विभाजी। बेहद कठोर, पर जीवनपर्यंत मकान का सपना ही आँखों में सँजोए रहीं। ससुर के बनाए हुए मकान में ताउम्र रहीं, अत: ईंट-से-ईंट लगाकर इमारत खड़ी करना बड़ा मुश्किल-सा कार्य प्रतीत होता रहा। पर अपना भी एक मकान हो, बंद आँखों में खोया हुआ-सा सपना बना रहा।

लोग बंद आँखों से सपने देखते हैं। वह खुली आँखों से भी भवन निर्माण का सपना देखती थी और उसी सपने की परिणति थी वह मकान, जिसके निर्माण में वह स्वयं ही नींव बन गई। और ईंट-से-ईंट जोड़कर मकान का निर्माण शुरू हो गया। पसीने का एक-एक बूँद टपकता जाता

और एक-एक ईंट में बदलता जाता। कितना पसीना टपका और कितनी ईंटें लगीं, यह विभा को भी पता नहीं चला। पता तो तब चला, जब वह स्वयं को अर्पित कर मकान में परिवर्तित-सी हो गई। मकान बनाना है भी एक कठिन कार्य। एक आम हिंदुस्तानी मकान बनाते-बनाते मानो स्वयं खत्म-सा हो जाता है। पर विभा तो मानो एक मनुष्य से मकान में परिवर्तित हो गई थी। उनका एक-एक बाजू एक-एक कमरा बनकर खड़ा था। उनकी आँखें उस मकान में हो रही हर हलचल पर केंद्रित थीं। उनकी गरम साँसों से मकान में ऊष्मा पैदा होती थी। उनके कान उस मकान की हर आहट का जायजा लेते थे। बाजुओं में इतना दम था कि उनपर मकान टिका था। पैर जैसे कहीं गहरे नींव में दफन हो गया था व मकान में दृढ़ता तथा मजबूती प्रदान कर रहे थे और उनके हृदय के कंपन से उस मकान का दिल धड़कता था। शायद उस मकान की आत्मा उनके वक्षस्थल में बसती थी। वह माँ थी, इसलिए उसने सपनों को सँजोकर अपने हृदय की कोठरी में बंद कर दिया था।

मकान के निर्माण में पुत्रों ने पूरी मदद की, पर अब जैसे उनके सपने पंख लगाकर उड़ान भरने लगे थे और उन सपनों को पूरा करने में उनके बेटे भी पूरी तन्मयता से मदद कर रहे थे। माँ का सपना बच्चों का सपना बनकर छलक रहा था और अंतत: उस मकान में बच्चों का प्रवेश हो ही गया।

बच्चे अपने एक-एक कमरे सजा रहे हैं। वह आह्लादित होती। घर को सजाते हुए माँ नहीं समझ पा रही है कि बच्चे अपने लिए घर को सजा रहे हैं, पर माँ को लगता है, मानो वह स्वयं सज रही है।

और जैसे मकान बनते ही जीवन की गाड़ी सुचारु रूप से चलने लगी। पहले कुछ दिन तक नहीं, कुछेक महीने-साल कहना ठीक होगा, क्योंकि तब तक सब सुचारु चलता रहा। माँ रूपी मकान का उपभोग सब मजे से करने लगे। अपना-अपना परिवार और अपनी निजी जिंदगी। शुरू-शुरू में तो जैसे सब बच्चे एक साथ माँ के वक्ष रूपी कमरे में

इकट्ठे होते थे, पर अब धीरे-धीरे जैसे सब छितरने लगे। माँ का सीना खुला रहा, पर दूरियाँ बढ़ने लगीं। पद धीरे-धीरे जैसे सब अब छितरने लगे। माँ का सीना खुला रहा पर दूरियाँ बढ़ने लगीं। वक्ष के अंदर एक ज्वार उफान मारता, हिचकोले ले तूफान लाता, पर धीरे-धीरे हाथ को हाथ नहीं सूझता था, माँ वहीं थी, मकान वहीं था पर दूरियाँ अधिक थी, बहुत अधिक।

वह माँ रूपी मकान शायद यह समझ नहीं पाता कि गलतियाँ कहाँ हुई हैं। उसने तो अपना सबकुछ न्योछावर कर दिया, पर फिर यह त्रुटि कहाँ है, क्यों है ? हृदय के साये तले सब पुत्र, पुत्रवधुएँ एकत्रित होते, पर बेनूर से। अब वहाँ परिवार के किसी सदस्य का जमावड़ा नहीं होता था। वह छत अब किसी को प्रश्रय नहीं देती थी। प्रश्रय देती थी तो सिर्फ एक अजीब-सी खामोशी को, जो सिमट आई थी उन रिश्तों में दरारों के साथ, उन तहजीबों में खामोशी अपना अमली जामा लपेट ली थी।

पहले पहल तो वह वक्षस्थल रूपी कमरा खुला भी रहता था, पर धीरे-धीरे जब सबने वहाँ आना और एक साथ मिलना-जुलना छोड़ दिया तो बड़ी बहू ने आकर उसको बंद कर दिया। जब वह दरवाजा बंद हुआ तो हवा में भी कोई सरसराहट नहीं हुई। न कोई वाद-प्रतिवाद, सिर्फ एक एहसास कि वह हृदय, जिसके साये तले सब मिलते थे, आज से बंद हो गया है।

शायद आगे बढ़ने के लिए बदलते वक्त और हालात के साथ समझौता होता है, क्योंकि आज तक कोई भी वक्त के साथ टक्कर नहीं ले पाया है। धीरे-धीरे एक विशाल अट्टालिका तैयार हो गई। आजकल जब पूरा देश सिमटकर तीन कमरों की कैद में समा रहा हो तो बड़े-बड़े घर अट्टालिका के माफिक ही प्रतीत होंगे और उस मकान को बनाने में एक पूरे परिवार का सम्मिलित प्रयास। उस मकान का उस दिन गृह-प्रवेश था और माँ के चरणों से होते हुए सबने उस मकान में प्रवेश किया। पूरा मकान मानो गुंजायमान हँसी से कौंध उठा। सभी पुत्र एवं पुत्रवधुएँ

तैयारियों में जुट गए। एक-एक कोना उनके स्पर्श से सजने लगा। सभी व्यग्रव उत्साहित थे। सभी में जैसे होड़ लगी थी कि कैसे वे आगे बढ़कर मकान को बेहतर-से-बेहतर सुसज्जित कर सकें। माँ का दय आनंद से भर उठता था। उसका मकान कोकिल ध्वनियों से गूँज उठा। वे अपने उद्‌देश्य में शत प्रतिशत कामयाब हो गए थे। जब सपने हकीकत में बदलते हैं तो यकीनन इनसान सफलता के हर्ष में मदहोश हो जाता है, क्योंकि जीवन में सपनों का फलीभूत होना स्वयं एक सपना है और मकान में परिवर्तित विभा ठठककर हँस पड़ी। उसकी हँसी ऊर्जा बनकर पूरे घर में फैली गई और जब हँसी का आखिरी पड़ाव या ते वह आग बन घर में फैल गई। क्रोधाग्नि की आग, ईर्ष्या की आग और उससे भी ऊपर स्वः की आग। सब की ज्वालाएँ धीरे-धीरे कब मकान के अंदर प्रवेश करने लगीं किसी को भी इसका भान न हुआ।

पहले माँ का हृदय सजता था, अब उसकी भुजाओं में स्थित कमरे सुसज्जित होने लगे। धीरे-धीरे घर का एक कोना सजा, फिर दूसरा, तीसरा और कोने-कोने में मकान सजने लगा। पहले जो एक संपूर्णता थी, वह समाप्त होने लगी। अब टुकड़ों-टुकड़ों में पूरा संसार बसने लगा। जब तक वह आग एक चिनगारी रूप में थी तब तक सिमटी रही, पर जैसे ही ज्वाला बनकर धधकी कि माँ का हृदय भी जलने लगा और आग अधिक ही थी। थोड़ी-बहुत आग होती तो आसानी से बुझ भी जाती, पर जब ज्वाला धधकती है तो वह अपने मुँह का ग्रास सभी को बना लेती है। जो उसको बुझाने जाता है। वह भी जलकर भस्म हो जाता है। उस मकान में भी यही हुआ। धीरे-धीरे ही सही, पर आग कैसे फैले गई, कोई नहीं जान पाया। तब जा के जाना, जब लौ की ऊष्मा महसूस होने लगी और तब तक रिश्तों को आग ने निगलना शुरू कर दिया था। रिश्ते बहुत ही नाजुक डोर से बँधे होते हैं। एक हलकी सी तरंग मात्र टूट जाता हैं। रिश्तों की डोर को बहुत सहेजकर रखना पड़ता है, नहीं तो उनको टूटते देर नहीं लगती।

उस दिन तो एक कमरा दूसरे से बोला, 'तुम्हारी मजाल कैसे हुई

मेरी कुरसी उठा ले जाने की। इसमें तो बाबू पढ़ता है। यह उसके पिता ने उसके लिए लाकर दी थी। चुपचाप हमारी चीज वापस करो।'

और चुपचान न सही–थोड़ी अशांति से वह कुरसी चलते हुए वापस अपने स्थान पर पहुँच गई। कुरसी को थोड़ा गुमान भी हुआ कि देखा मेरा महत्त्व। दो सगे परिवार मेरे कारण आपस में लड़ रहे हैं। रात में सामानों की खटपट सुनाई पड़ती रही। पूरा परिवार तो सो गया, पर माँ का हृदय जाग रहा था। दिन में वह कुरसी उसको भदती हुई गई थी और उस कुरसी की ठक्–ठक् उसने अपने सीने में महसूस किया था और तभी से कानों में ठक्–ठक् की वह ध्वनि गुंजित हो रही थी।

माँ रूपी मकान काँपने लगा। यह शायद आनेवाले भूकंप का पहला झटका था और पूरी शिद्दत से उसने महसूस किया था। झटका बहुत मामूली था, पर निःसंदेह नींव को हिला गया था। शायद उस झटके स्पंदन को माँ रूपी मकान काफी दिनों तक महसूस करते रहे।

जब भी भूकंप के झटके आए हैं, मामूली ही सही पर नींव, को कमजोर कर गए हैं और आनेवाले तीव्र झटकों का संकेत दे गए हैं। क्योंकि झटके वहीं आते हैं, जहाँ धरती कमजोर होती है और आने के बाद दरारें छोड़ जाते हैं।

उस दिन का तांडव झटका न था, भूकंप था और अगर मापदंड देखा जाए तो काफी तीव्र। बड़ा भाई छोटे भाई से हिसाब–किताब की रकम पूछ रहा था और हिसाब में गड़बड़ी आने पर बड़ भाई का पारा चढ़ रहा था। दोनों भाइयों की पत्नियाँ भी जोर–शोर से इस भूकंप को बढ़ा रही थीं। बात रुपए से शुरू होकर पहले बीबियों पर आई और फिर ले–देकर बच्चे भी इसका मोहरा बनने लगे। जब तक बात पुत्रवधुओं पर थी, तब तक माँ का हृदय आनंदित हो रहा था। अपने जानी दुश्मनों को यों लड़ते और जलील होते देखकर कौन आनंदित नहीं होगा। पर जब बात पोता–पोतियों पर आई और उनका हिस्सा होते देखकर माँ का हृदय रूपी नींव हिलने लगी। बड़ा चीखा, 'माँ ने ही तुम्हें इतना सिर चढ़ा दिया है, इतना संरक्षण दिया कि तुम

बड़े-छोटे का कायदा भूल गए हो। माँ की ही परवरिश में कोई दोष था जो तुम इतने बेईमान निकले। अब हम साथ नहीं रहेंगे। बीच में दीवार खिंच जाएगी और अपना हिस्सा बेचकर तुम मेरा हिसाब चुकता करो।'

और भाई-भाई के कमरे के बीच दीवार खिंच गई। एक माँ का एक बाजूनुमा कमरा एक भाई को मिला और दूसरा दूसरे को। दीवार ठीक माँ के हृदय के बीचोबीच खिंची: और माँ का कलेजा फट गया।

दीवार खिंचना भी उस मकान के लिए काफी न था। कुछ दिनों बाद वहाँ कोर्ट का नोटिस लग गया। यह भूमि नीलामी के लिए है।

बड़े भाई ने छोटे भाई पर चार सौ बीसी का मुकदमा कर दिया था और अपना हिस्सा वापस लेने के लिए कोर्ट में वसूली का नोटिस दे दिया था। माँ रूपी मकान सरेआम नीलामी के लिए तैयार था। उसकी कीमत देनेवाला चाहिए था।

और ऊँची बोली का दिन आ गया।

दस लाख एक, दस लाख दो और दस लाख तीन।

मकान अब फलाँ-फलाँ मिष्ठराम प्रसाद का हुआ। अब कानूनन शंकर साहू और उमेश साहू को बतौर मुआवजा यह रकम दिया जाएगा। मुकदमा खत्म हुआ।

माँ बिक गई, उनका सपना बिक गया। दूसरे दिन ही उमेश साहू और शंकर साहू अपने-अपने रास्ते चल दिए। अपने कमरों को समेटने में उन्हें ज्यादा वक्त न लगा। मकान बनाने में जितना वक्त लगा था, उससे भी कम उसको टूटने में लगा।

शंकर के बेटे ने एक उचटती निगाह उस टूटी कुर्सी पर डाली जिसके कारण वह एक बार अपने चचेरे भाई से लड़ा था।

''पापा, इस कुरसी का क्या काम? ये तो बिल्कुल बेकार है। क्या करेंगे इसको ले जाकर?''

''हाँ बेटा, फेंक दो। आलतू-फालतू चीजों को इकट्ठा नहीं करना चाहिए।''

बेटे ने तो ठीक से ही कुरसी फेंकी थी, पर वह सीधे माँ रूप कमरे के हृदय पर गिरी और वहाँ छेद कर गई।

पर अब वहाँ कोई झटका नहीं लगा, क्योंकि वहाँ कोई उबाल नहीं था। वहाँ का वेग बर्फ के सदृश शांत था। वह कुरसी वहीं पड़ी रही।

शंकर साहू और उमेश साहू के जाने के बाद नीलामी पर जिन साहब ने मकान खरीदा था, उन्होंने प्रवेश किया।

आते ही अपने मुनीम को पहला आदेश दिया, "गिरा दो ये दीवार, तोड़ दो सारे कमरे। यहाँ पर एक शराबखाना बनेगा।" और तत्काल ही माँ रूपी मकान जमींदोज हो गया। कुछ ही दिनों में उसका नामोनिशान न बचा। ट्रैक्टर रौंद-रौंदकर माँ रूपी मकान के अंगों को तहस-नहस करने लगा।

एक हिस्सा यहाँ गिरा, दूसरा वहाँ,
पर नींव वहीं रह गई।
कुछ ही दिनों में वहाँ एक नया पेंट किया हुआ बोर्ड लगा।
स्वनिल मयखाना आएये;
जन्नत का मजा पाइए।
और मयखाने के गीत से नींव की ईंट बज उठी।

माँ का सपना था—मकान। हर इनसान के जीवन का एक सपना होता है। पर अफसोस, सपने देखना गलत नहीं है। पर सही सपनों का चुनाव होना चाहिए। माँ ने अगर घर का सपना देखा होता तो आज भी दोनों भाई साथ होते। घर-घर होता है और मकान मकान।

मकान चाहारदीवारी से बनता है, जिसको ढहने में ज्यादा समय नहीं लगता, पर घर रिश्ते की खाबुओं से बनता है। उसमें इतनी ऊर्जा होती है कि रिश्ते उसी ऊर्जा से जुड़े रहते हैं।

माँ का सपना—क्या सही था?

□

वह काला कप

वह काला कप टूट गया तो क्या हुआ? कप ने अपनी जिंदगी जी ली थी। टूट गया तो टूट गया। उसमें क्या हाय-तोबा मचानी। पर नहीं साहब, उस घर में मच गई। गुण-दोष कप का नहीं था। दोष था शत्रुघ्न कुम्हार का। एक तो उसका कप था और गोया उसी से टूट गया।

अब भला कप में खासियत क्या थी। थी बाबा, थी। कुम्कार का बेटा था और वह भी गाँव से शहर काम के लिए आया था एक बड़के साहब के यहाँ। तो लाजिमी-सी बात है कि कप में खास बात हो ही गई। जिसके पूर्वज शायद सदियों से यही काम करते आए थे। यह उनका पेशा था, पेशा। वही कुम्कार, जो गाँव में अनर्गल मिट्टी के बरतन बनाते छोटे-छोटे कभी बड़े भी, छोटे-बड़े दीये का निर्माण करते थे। उन दीयों की जरूरत पड़ती थी, वह भी पर्व-त्योहार पर। अब कहाँ रहे पहले जैसे पर्व-त्योहार। भागती जिंदगी और बदलते मूल्यों ने अधिकांश की परिभाषा बदल दी है। अब तो जीवन जीने और उससे जुड़े मूल्यों एवं सिद्धांतों की ही बात रही है तो फिर मिट्टी के दीये और बरतनों का तो जिक्र भी अब शहरों में खासा मतलब नहीं रखता।

जैसा कि पहले जिक्र किया जा चुका है कि वह गाँव के कुम्हार जाति का बेटा था। एक पिछड़ी जाति, पर उसके यहाँ का पानी चलता था और यही सोचकर उसे काम के वास्ते शहर लाया गया था इस बड़की मेमसाहब के यहाँ घर का काम करने के लिए और पहले ही दिन उसका सामना उस काले कप, छोटे-शीशे के गिलास और छोटी सी प्लेट से हुआ था।

शत्रुघ्न के पिता घीसू ने पुश्तैनी धंधा किया था और शायद उसकी दुनिया इन बरतनों की परिधि में सिमटकर रह गई थी। वह गाँव में बढ़ई का काम करते थे तथा लकड़ी में चीरा लगाते थे और लकड़ी को काट-काटकर फर्नीचर बनाते थे। अपने काम में कोई बड़की महारथ हासिल नहीं थी, पर ठीक-ठाक पलंग-कुरसी बन जाए तो गाँव में उससे अधिक की क्या जरूरत थी। फिर सब-के-सब तो जमीन पर सोनेवाले आदमी। कौन सा बड़े पलंग की आदतें थी। यह आदत और चोचले तो शहरी लोगों को ही सुहाते हैं या गाँव के बड़े जमींदारों को।

शत्रुघ्न तो ठहरा कुम्हार का बेटा, जो अब बढ़ई का काम कर रहा है। शत्रुघ्न का बड़ा भाई जालंधर जाकर बस गया था। घर का कर्जा था दस हजार का, उसको तो कैसे भी सलटाना था और शत्रुघ्न को भी उसके पिता ने काम करने के वास्ते बड़का साहब के पास भेज दिया था।

"मेमसाहब, मुझको कितना मिलेगा?" यह प्रश्न तीसरे दिन ही शत्रुघ्न ने मेमसाहब पर दागा था। पहले दो दिन तो वह सिर्फ एक कोने में पड़ा रोता रहा। उसका मन नहीं लग रहा था। लगता भी कैसे, माँ की याद जो आ रही थी। उसने तो भागने तक की कोशिश की थी, पर मेमसाहब ने पकड़कर ज्यादातर समय अपने पास ही बैठा रखा था।

मेमसाहब स्कूल की प्रिंसिपल थीं और पहले तीन दिन तो उसको अपने साथ ही ले जाती थीं। वह पूरे दिन उनके दरवाजे के बाहर बैठा रहता था और वहाँ मौजूद रमेश भैया से बातें करता था, पर उसका मन रमेश भैया से ज्यादा घर में मौजूद रामायण भैया से लगता था। रामायण उसी के शहर बेतिया का था और आते ही रामायण से उसको अपनत्व हो गया था।

रामायण उसके लिए अच्छा महकता हुआ चावल बना देता था और चुपके से चाय बनाकर पिलाता था। रामायण अच्छा-बढ़िया चाय

मेमसाहब के सो जाने पर बना देता था और उसी काले कप में उसको थमा देता था, शहर आने पर वह काला कप उसका अस्तित्व बन गया था।

''रामायण भैया अच्छा हैं, मेमसाहब।''

''हूँ'', चाय बनाते-बनाते मेमसाहब बोली।

''क्या वह घर चला गया है?''

''नहीं, वे यहीं पटना में हैं। मेरे मित्र का नौकर है, वहीं गया है।''

''आपने उन्हें भेज दिया होगा?''

''नहीं, वह कुछ दिनों के लिए ही आया था। जब तक दिक्कत थी। अभी साहब वेटिंग फॉर पोस्टिंग हैं, इसलिए स्टॉफ की दिक्कत है, इसलिए मेरे मित्र के यहाँ से वह यहाँ आ गया था।''

''तो क्या रामायण भैया यहीं हैं?''

''हाँ।''

''क्या मैं उनसे मिल सकता हूँ?''

''हाँ, अभी ले चलेंगे। तुम मन लगाकर काम करो तो तुम्हारी नौकरी परमानेंट हो जाएगी। बाहर जो गार्ड बैठता है, जानते हो कितना पाता है! पूरा दस हजार। कभी इतने रुपए एक साथ देखे हों?''

शत्रुघ्न ने देखा तो नहीं था, पर पिता पर इतना कर्ज है, इस बाबत वह जानता था और कर्जा के साथ-सथ ब्याज भी बढ़ रहा है, इसको भी वह जानता था।

''मेरे का कितना मिलेगा?'' दुबारा यह प्रश्न उसने पूछ।

''तुम्हारे पिता से बात हो गई है। पांडेयजी ने उनसे बात कर ली है। जितना भी मिलेगा, सीधे उन तक पहुँच जाएगा। क्या तुमको खुशी नहीं होगी कि तुम अपने पिता के कर्जा सधाने में मदद कर रहे हो। सोचो यह तुम्हारी नौकरी है।''

धीरे-धीरे उसका मन लग गया। पिता का कर्जा सधाना और उसमें

योगदान देना उसको अच्छा लगा। रामायण भैया को वह थोड़ा भूल गया था, पर उस काले बेडौल टूटे कप ने उसका पीछा नहीं छोड़ा।

मेमसाहब ने उसमें उड़ेलकर उसको चाय दे दी और एक पुरानी प्लेट में दो बिस्कुट, जिसको वह तुरंत गटक गया।

उस कप का शत्रुघ्न के आने के पहले तक कोई अस्तित्व न था। रंग-बिरंगे कपों की शृंखला में वह अस्तित्वविहीन श्रीहीन था। बरतनों के ढेर में एक कोने में पड़ा रहता था। वह एक पुरातत्त्व टी-सेट का बचा हुआ एकमात्र अवशेष था। उसके समस्त साथी या तो इस संसार को अलविदा कर चुके थे या फिर हीन-क्षीण अवस्था में गोडाउन में डाल दिए गए थे। पता नहीं यह कप कैसे सद्गति प्राप्त होने से बच गया और सुंदर-सलोने कप सेटों के बीच वैसे ही जगह पाता रहा, जैसे आधुनिक भवनों और अट्टालिकाओं के बीच पुराने अवशेष।

आज इस कुम्हार के बेटे के भाग्य में यह अवशेष सौभाग्य बन आ गया। पर यह अकेले नहीं आया, साथ में एक प्लेट को भी साथ लाया और छुटकू शत्रुघ्न का भाग्य बनकर वह उसके जीवन का स्थायी हिस्सा बन गया, तब तक आवाज आई, "चलो शत्रुघ्न जल्दी-जल्दी काम करो। अभी और काम करना है।"

मेमसाहब चौके का काम देकर चली गईं और ऊपर जाकर अपने छोटे बाबू को तैयार करने लगीं।

शत्रुघ्न भी पहले दो दिन मेमसाहब के साथ स्कूल गया था, पर पढ़ने के प्रति उसका खासा रुझान नहीं हो पा रहा था।

"मेमसाहब!" वह तेजी से चीखा।

वह जब भी मेमसाहब को बुलाता था तो स्वर में एक तीखापन रहता था या सोचता हो कि शायद छोटे लोगों के ऊँचा बोलने से कोई ज्यादा प्रभाव पड़ता हो या वह सोचता हो कि बड़े लोग ऊँचा बोलने से ही सुनते हैं। पर अमीर लोग हमेशा बहरे-गूंगे थोड़े ही होते हैं।

मेमसाहब को देखकर उसका स्वर थोड़ा संयत हुआ। शायद उनकी मौजूदगी ने एक सुरक्षा का बोध करा दिया हो।

''मेमसाहब! आज भाई से बात हो जाएगी क्या?''

हे भगवान्! तुमने भाई की बात के लिए सुबह-सुबह परेशान किया। अरे बच्चा! सुबह का समय मेरा बहुत ही व्यस्त रहता है। सब काम फटाफट करके स्कूल जाने की मुसीबत होती है। स्कूल से लौटेंगे, तब बात करेंगे।''

''मेमसाहब, एक हाफ-पैंट दीजिएगा।''

''हाँ, ठीक है-ठीक है।'' और मेमसाहब अपने बेटे को यूनीफॉर्म पहनाने लगीं। सफेद क्रीज लगी, शर्ट, ब्राउन पैंट व टाई।

''राजा बाबू लग रहा है बिटवा हमार।'' आँखों ने अपने बेटे की सुंदरता मन-ही-मन तौली और ढेरों बलाइयाँ लीं। नीचे आकर उसको स्पष्ट आदेश दिया—''साहब को खाना देना। चौका साफ करके रखना। दूध नहीं उबालना और फ्रिज से निकालकर मिठाई खा लेना।''

''मैं मिठाई नहीं खाऊँगा, मेमसाहब!'' शत्रुघ्न ने कहा।

''क्यों?'' आश्चर्य से मेमसाहब ने पूछा।

''अपने भाई के लिए ले जाएँगे।'' वह थोड़ा स्वर ऊँचा करके बोला।

मेमसाहब हँस दी। ''तब की तब देखी जाएगी। अभी से रखेंगे तो मिठाई खराब हो जाएगी। बुद्धु कहीं का।''

और गाड़ी में बैठकर निकल गईं।

शत्रुघ्न दूर तक गाड़ी को जाते देखता रहा। तब तक, जब तक गाड़ी आँखों से ओझल हो गई।

उसके बाद सारा काम-धाम छोड़कर उसने बाबू का गिटार उठा लिया और बजाने लगा।

काफी देर बजाता रहा। जब बजाते-बजाते थक गया तो बाबू की

पुरानी घड़ी देख उलटने-पलटने लगा। जब उससे भी मन ऊब गया तो बाहर जाकर बच्चोंवाली साइकिल चलाता रहा। दस मिनट नहीं, पूरे बीस मिनट उसने साइकिल चलाई होगी, फिर जाकर गार्ड रूम में सो गया और तब तक सोता रहा, जब तक मेमसाहब स्कूल से वापस न आ गईं।

"क्या बुतरू, सारा काम पड़ा है!" मेमसाहब का स्वर थोड़ा कड़ा था। आँखें मलते हुए शत्रुघ्न उठा। मेमसाहब ने तुरंत ही अपने क्रोध को संयत कर लिया। अभी इस बंदे की सख्त जरूरत थी, कहीं भाग-भूग गया तो मुश्किल।

पर्स रखकर मैडम सीधे चौके में आ गईं।

"कितनी रोटियाँ सेंकें?"

"तीन।"

रोटी सेंककर मेमसाहब उसको सब्जी देने लगी। "नहीं, सब्जी ठीक नहीं लगता है। थोड़ा तीता कम है। थोड़ा घी दे दीजिए, खाना हो जाएगा। नहीं तो आम से खा लेंगे।"

"गाँव में तुम आम खाते थे?"

"हाँ, खरीदकर।"

"रोज?"

"हाँ, नहीं कभी-कभी। खरीदकर खाते थे। मेरे भाई-बाप ने कभी खाने में कोई दिक्कत नहीं की।"

मेमसाहब थोड़ी देर उसका मुँह ताकती रही। एक गरीब लड़का, जिसको वह भूखा-नंगा समझी थी, उनको बातें सुना रहा था।

उसको खाना निकालकर उसके बरतनों में दिया गया। शत्रुघ्न को भी इन चार दिनों में जैसे अपने बरतनों की आदत-सी हो गई थी। उसके यहाँ के प्रवास के साथी, उसके अपने। उसकी पहचान। छुटकू से बुतरू तक की यात्रा के प्रत्यक्ष गवाह।

शाम को मेमसाहब उसको अपने साथ मंदिर ले गईं और मंदिर

से लौटते-लौटते वह इतना थक गया था कि भाई का नाम तक उसके जेहन से मिट चुका था। वह कमरे में गया और भूखा ही सो गया। रात में सबने खाना खाया, पर शत्रुघ्न को किसी ने नहीं उठाया।

''सोने दो। थक गया होगा। नाहक उठाकर खाना बनाना पड़ेगा। सोने दो।'' और शत्रुघ्न की तथाकथित मेमसाहब अपने छह वर्षीय बच्चे को परोस-परोसकर खिलाने लगीं। वह हर बार नहीं खाने के लिए मचलता, पर बेचारा डाँट खाकर फिर खाना शुरू कर देता।

धीरे-धीरे वक्त बीतता गया। अब शत्रुघ्न भी घर को इतना याद नहीं करता था। अब तो उसने ललककर कुछ माँगना भी कम कर दिया था। उस दिन वह मेमसाहब के साथ मेला गया था।

उसने उनका हाथ पकड़कर खींचा, ''इधर आइए।''

''क्या हुआ बेटा?''

''मेमसाहब, चश्मा।''

''अच्छा'', मेमसाहब दुकानदार की तरफ मुखातिब हुईं।

''कितने का है?''

''पंद्रह रुपए का।'' दुकानदार ने कहा।

'पंद्रह', शब्द पर जोर था, ''पंद्रह ज्यादा तो नहीं है, दस लो। दस, बस एक दाम।''

''नहीं, बारह में लेना हो तो ठीक।'' और सौदा पटना नहीं था, जाहिर-सी बात है कि चश्मा खरीदना नहीं गया।

और शत्रुघ्न चुपचाप गाड़ी में बैठ गया।

शत्रुघ्न को घी कुछ ज्यादा ही सुहाता था। एक दिन चुपके से थोड़ा निकाल लिया। मेमसाहब ने पूरा कनस्तर ही अंदर रखवा दिया था।

''मेमसाहब, दूसरी गंजी नहीं है! ठंड लग रही है। पंखा नहीं चलाना।''

और शत्रुघ्न बाबू के खेलनेवाले कमरे में घुमड़िया के सो गया।

रात में शीत का प्रकोप बढ़ गया और वह काँपने लगा। उसने कसकर ठोड़ी को अपने से चिपका लिया। बारिश में भीगने से उसका कपड़ा भीग गया था। कोई विकल्प नहीं था।

पर उस शाम शत्रुघ्न, शत्रुघ्न बेटा से शत्रु का धन बन गया।

उस दिन घर मेहमानों से भरा था। स्वादिष्ट पकवान बन रहे थे। तरह-तरह के व्यंजनों की महक उड़-उड़कर वातावरण में इंद्रधनुषी खुशबू पैदा कर रही थी। मेहमानों में दो मर्द और दो औरतें थीं। साथ में बाबू के साथ खेलनेवाला दो छोटा-छोटा बच्चा। शत्रुघ्न कभी भागकर चौके में जाता और कभी बच्चों को कुछ स्वादिष्ट व्यंजन पकड़ाकर आता। बीच में तो उसका बदन टूट गया। ऊपर-नीचे के घर में सीढ़ी उतरते-चढ़ते उसका जी हलकान हो गया। महक उसके नथुनों के माध्यम से फेफड़ों में प्रवेश कर रही थी और खून में साँस के साथ घुलकर वह पेट में जा कुलबुलाहट पैदा कर रही थी।

एकाएक परोसते हुए उससे रहा न गया। उसने इधर-उधर देखा। कहीं कोई दिखाई न दिया। उसने सबकी नजर बचाकर ब्रेड का पकौड़ा मुँह में रख लिया और सफाई से मुँह पोंछ ट्रे लेकर कमरे में आ गया।

किसी को पता न चला।

पर पकौड़े का टेस्ट मुँह में घुल रहा था। काफी स्वादिष्ट बना था। वह दूसरा उठाने की हिम्मत न कर पाया।

"शत्रुघ्न चलो, आओ। जाओ पकौड़े बच्चों को दे आओ।"

"जी आता हूँ।"

मेमसाहब ने तीन प्लेटें लगाकर उसको पकड़ा दी। हर प्लेट में चार पकौड़े थे। वह ले जाने के क्रम में हर प्लेट से एक-एक पकौड़ा निकाल लिया और बच्चों के सामने रखकर अपना हिस्सा लेकर वह कमरे से सटे छत के एक कोने में चला गया और अँधेरे में छिपकर पकौड़े खाने लगा।

एक-दो बार उसे मेमसाबह की आवाज कान में पड़ी। वे शायद

उसे पुकार रही थीं। पर वह खाने में इतना मशगूल था कि उसने ध्यान न दिया।

"कहाँ मर गया शत्रुघ्न!" और वह तब चौंका, जब एक कड़क-सी आवाज बहुत पास सुनाई दी। एक चौड़ी विशालकाय काया उसके ठीक सामने मौजूद थी, उसने चोरी से निगाह उठाकर देखा। मेमसाहब थीं। उसने हाथ में पकौड़ा कस के मुट्ठी में भींच लिया।

मेमसाहब ने एक निगाह उसके मुँह पर डाली और एक हाथ पर तथा माजरा समझते उनको देर न लगी।

"चोर कहीं के। चोरी से बच्चों का खाना चुराते हो, बाप का यही खून तुम्हारे अंदर है और काम के वक्त मटरगश्ती। चलो, ढेर काम पड़ा है।"

और शत्रुघ्न की आँखों में आँसू आ गए। उसका हाथवाला पकौड़ा वहीं गिर गया और जेबवाला, उसके विषय में तो उसको स्मरण ही नहीं रहा और चोर शत्रुघ्न चौके में पहुँचकर फटाफट काम में मदद करने लगा। पूरे माहौल में एक अजीब-सी खामोशी थी। पर मेमसाहब का पारा चढ़ा हुआ है, इसको वह अच्छे से महसूस कर रहा था। उसकी आँखों से बड़े-बड़े आँसू टप-टप गिरकर आटे को गीला कर रहे थे।

शायद पानी नहीं, आँसुओं से आटा गूँध रहा था।

सबके जाने के बाद समेटते-समेटते काफी देर हो गई। मेमसाबह भी मेहमानों के जाने के बाद काफी थक चुकी थीं। उन्होंने उससे ज यादा कुछ नहीं कहा। पर व्यवहार में तनातनी थी। सब बरतन धोते-धोते आधी रात बीत गई। तब तक सब खर्राटे ले रहे थे। उसका खाना वैसे ही उन बरतनों में रखा था, पर खाने को जी नहीं कर रहा था। उसने रोटी को बाहर ले जाकर सड़क पर डाल दिया। कुत्ता आएगा तो खा लेगा और दाल को नाली में बहा दिया। वह झटपट अपने बरतन धोने लगा। पता नहीं क्या हुआ, कैसे हुआ, पर वह काला कप टूट गया। पुराना तो

था ही। हाथ गलत पड़ गया था या बरतनों से टकरा गया, पर वह टूट गया। कप टूटकर दो टुकड़ों में विभक्त हो गया और एक टुकड़ा उसके हाथ में गड़ गया। शायद कस के गड़ा था, क्योंकि खून बलाबला कर बह निकला और उसके मुँह से एक दबी-घुटी चीख निकल गई। 'ओई माई!' और वह बिलख उठा।

कप दो टुकड़े होकर वाश बेसिन में ऐसा गिरा कि उसके अनेक टुकड़े हो गए। उधर कुम्हार के घर शत्रुघ्न की माँ अचानक रात के अँधेरे में उठकर बैठ गई—"मन नहीं लग रहा है। शत्रुघ्न कैसा है? थोड़ा जी घबरा रहा है।"

पर बाहर बयार में तेजी थी। सभी जलते दीये बुझे जा रहे थे। कुम्हार के हाथ के गढ़े हुए अनगढ़ दीये आज के बिजली के युग में सिर्फ मद्धिम रोशनी ही दे पा रहे थे। इसलिए कुम्हार ने अपना पेशा बदल लिया था। वह बढ़ई हो गया था, क्योंकि कुम्हार तो सिर्फ गढ़ता था। छोटे दीये, छोटे मटके, बड़े-घड़े और उसी के घड़ों में हम पानी पीते थे। उसका पसीना मिला वह रचना होती थी। आज खून बह कप टूट रहा है और वह काला कप, जिसके ऊपर खून की बूँदें छिटककर गिर गई थीं। पर काले रंग पर लाल धब्बे क्या कभी पता चलेगा?

□□□